この街でわたしたちは

加藤千恵

幻冬舎文庫

この街で
わたしたちは

この街でわたしたちは　目次

台東区　7
千代田区　15
文京区　23
江東区　31
中央区　39
墨田区　46

渋谷区　55
港区　62
目黒区　68
世田谷区　74
品川区　81
大田区　88

🍷
北区 95
荒川区 102
足立区 108
板橋区 116
江戸川区 122
葛飾区 129
♥
中野区 137
杉並区 144
新宿区 150
豊島区 156
練馬区 163
武蔵野市 171

メロンソーダコーラ 179
友だちでいられない夜に 204
溶けていく 217

台東区

山手線に乗って御徒町駅で下車した。職場の有楽町からはわりと近いにもかかわらず、めったに訪れないエリアだ。手の中の地図と建物を見比べるようにして、線路沿いを南に歩いていき、途中で曲がる。目的地付近になったので、スマホの地図機能を切る。バッテリーの消耗が激しい。スマホは便利だ、とあえて考えることもないくらい、便利さに馴染んでしまっている。

赤い看板に書かれている文字は「羊香味坊《ヤンシャン》」。確かに伝えられた、そして調べていたお店だ。外にまでうっすらといい香りが漂っている。スパイスが混じったような。一面の壁が窓ガラスを兼ねているので、外からも店内の様子を窺《うかが》うことができる。

外にいるわたしのほうが、中にいる待ち合わせ相手の敬太《けいた》くんよりも先に、相手に気づいた。彼がこちらに向かって片手を小さく上げたのと同時くらいに、引き戸を開けて中に入る。他のテーブルのお客さんも、ちらりとこちらを見て、でもまたすぐにそれぞれの会話に戻っていく。

「はい、いらっしゃいませー」

「あ、待ち合わせです」

「はい、どうぞ」

既に手を下げている彼の向かいに座る。グレーのジャケットを脱ぎ、座っている椅子の背もたれにかけている。

「ごめんね、待たせちゃって」

「いや、俺も今来たところだから。まだ五分も経《た》ってないよ」

「そっか。ごめんね」

彼がネクタイをしていないことに気づく。おそらく隣に置いているバッグの中に入れているのだろう。すぐにネクタイを外したがるのは、癖の一つだ。

テーブルには小皿の他、ワインボトルと、その中身らしい赤い液体が入ったグラス。よく見るとワインボトルには、あとで書き足されたのであろう3，500という白い文字。

「珍しいね、ワインなんて」

わたしは言った。彼は頷《うなず》き、店の奥にある冷蔵庫を指さす。

「あそこから選べるんだけど、どれも安くて、ものすごくうまいの。好きなの持ってくるっていうシステム」

どうやら3，500というのは値段らしい。ワインの相場というものはよくわからないが、確かに安い気がする。

「すごいね。とりあえず同じの飲ませて」

店員さんに向かい、手をあげて、すみません、グラスもう一つください、とお願いする。はーい、と明るい返事が来て、すぐにグラスが置かれる。彼が注いでくれたので、ありがとう、と小声で言った。

赤ワインは想像したより苦みも酸味も少なく、すっきりとしている。さすがに後味には独特のえぐみが残るが、それすらわずかな爽やかさがある。飲みやすいね、とつぶやくと、イタリアのやつみたいだよ、と返事が来た。へえ、と答えたものの、フランスでもドイツでも南極でも構わなかった。

「これ、メニュー。板春雨の冷菜とラム串盛り合わせとラム肉餃子は頼んだとこ。他にも食べたいのあれば」

お礼を言い、受け取る。彼の口から料理名を聞き、印刷されたものを見ているうちに、自分が空腹であることを意識する。けれど一方で、今日会うことが決まってからの緊張も消えない。

平日であるにもかかわらず、店内は混雑していて、騒がしい。客層はわたしたちと同じ、三十歳前後あたりの人たちもいれば、もう少し高そうに見える人たちもいる。ワインの入った冷蔵庫とは逆側の奥にいる女性たちが、大きめの笑い声をたてる。男女二人のカップルというのはわたしたちだけだ。

別れ話もプロポーズも、この店の雰囲気には合わない気がした。だけどあくまでわたしの予想にすぎず、敬太くんの思考と一致しているかというと、まるでわからない。とりあえず頼んでくれている料理が来てからボリュームを考えようと思い、メニューを置くと、それを待っていたように訊ねられた。

「店、迷わなかった？」

ここを選んだのは彼だ。何人かで行ったお店が、羊肉を出すところで、すごくおいしかったから麻理恵ちゃんも気にいると思う、といったことを彼はＬＩＮＥで言っていた。わたしが羊肉を好きだと話したのを憶えてくれていたのは、嬉しかったし、驚いた。敬太くんはけして、すごく整った顔立ちをしているとか、とてもお金持ちだというわけではないが、優しくてマメだ。はっきりと把握しているわけではないが、恋人がいなかった期間というものは短いだろう。

「大丈夫。駅も近かったし。でも普段あんまり来ない場所だよね」

「そうだよね。少し歩けば上野なんだけど」

「上野、近いの？」

「近いよ。駅から逆に歩くとすぐ上野エリア」

ちょうどいくつかの料理が運ばれてきた。おいしそう、と思わず声に出た。食べよう、と言われ、箸を動かす。

大学進学を機に上京して、十年ほどが経つというのに、東京都内の地理をはっきりと把握できていない。詳しくわかるのは自宅周辺と職場周辺くらいで、スマホの乗換案内なしには移動できない。御徒町と言われて、上野を連想することはできていなかった。

昨年東京に遊びに来た母親と、上野動物園に行ったのを思い出し、話そうか迷っていると、板春雨を口にした彼が、うまい、と言う。同じものを食べていたわたしも、おいしいね、と強く同意した。どっさりとのっているパクチーと豚肉の風味が、口の中で思いきり広がる。そして板春雨の独特な歯ごたえが絶妙だ。

単体でもおいしかった赤ワインが、料理と一緒に口にすることによって、また別の味わいとなる。飲みこんでから言った。

「上野って美術館も多いよね」

「ああ、博物館とかもね。しばらく行ってないな」

「展示、調べてみようかな」

「いいね。おもしろそうなのあれば誘って。俺も久しぶりに行きたいし」

彼の返事によって、ちょっと話したいこともあるし、と予告されていた「話したいこと」が、どうやら別れの相談ではないとわかる。それじゃあ、プロポーズ？　わたしは思い出したように言った。本当はずっと考えていたのに。

「そういえば、話したいことあるって言ってなかったっけ？」

今度はラム串盛り合わせが運ばれてくる。似たような五本の串だけど、おそらく部位が異なっているのだろう。食欲をそそる、肉そのものと、スパイスが混じりあった香り。串から肉を外す手が、震えないように気をつける。

「話？　あ、そうそう。俺、今年、勤続十年になるってことで、普通の有給に加えて、リフレッシュ休暇っていうのが十日間くらいとれるんだよね。まとめてとってもいいんだけど、どうせなら細かくとって、旅行とかできたらなあと思って。麻理恵ちゃん、前に、温泉行きたいって言ってたじゃん？　休みとれそうなタイミングある？　一泊か二泊で。あ、ありがとうね」

最後のお礼は、わたしが羊肉を串から外して分けた動作に向けられたものだった。

「温泉、いいねー」

内心、彼の「話したいこと」がプロポーズではなかったことに安堵し、同時に、安堵するのを我ながら不思議にも思う。今年二十九歳になる。いつ結婚したって問題ない年齢だ。敬太くんは感じのいい人だし、別れ話かもしれないと想像して、ものすごく不安になるくらいには、彼のことを好きだ。

でも、ラインを踏み出せない。踏み出したいと思えない。結婚しても別にたいして変わらないよ、と話す友人を何人も見ているし、彼女たちの言葉を疑っているわけではないのに。

敬太くんは、結婚の経験がある。四年前に結婚し、二年前に離婚した経緯については、あまり細かく訊ねていない。というか、あえて触れないようにしている。前の奥さんとの間に、子どもはいないということくらいしか。

「おいしい」

一かけらの羊肉を飲みこみ、そう言うと、おいしいよねー、とどこか得意げに敬太くんは言った。こんなに近い距離にいても、わたしが何を考えているのか、彼にはわからない。逆だって同じだ。おいしい、とまた同じ言葉を繰り返した。

食べ物のかたまりもしくは言わないでいる言葉　胸にひっかかるのは

千代田区

なつきから送られてきたアドレスは、飯田橋駅から歩いて数分のところにあるお店のものだった。地下鉄の飯田橋駅を出てまっすぐに歩き、一度だけ右に曲がる。店先にはスペイン国旗が掲げられていたのですぐにわかった。「イベリコバル・ディッチャ」というスペイン料理店だ。

入ると同時に、いらっしゃいませと声をかけられ、カウンターの一番奥の席に座っているなつきと目が合った。こちらを見て笑った彼女の隣に座る。なつきの前には二つの料理と、赤い液体が入ったグラスが置かれている。サングリアだろうとわかったので、おしぼりを渡してくれた店員に、同じものを注文する。

「ごめんね、先に食べてた」

「もちろんいいよ。待たせてごめんね」

サングリアはすぐにやってきた。乾杯、とつぶやくように言って、軽くグラスを合わせてから、一口飲む。フルーツの香りがふわっと広がる。飲みやすい。

白い器に入った、焼き野菜にフォークを伸ばす。ズッキーニを選んだ。取り皿に盛り、器の横にそえられている赤いソースを小さなスプーンですくってかける。赤さから、辛さを想像していたのだが、トマトソースのようだった。ナッツも入っているのだろうか。香ばしさがあっておいしい。隣のなつきに伝える。

「おいしいね、これ」

「エスカリバーダロメスコソース」

「え？」

「エスカリバーダ、ロメスコソース、だって」

繰り返されて、料理名だと初めてわかる。呪文みたい、と笑うと、噛《か》まずに言えてよかった、となつきも笑った。何にしても、初めて耳にする料理名だった。赤いソースはロメスコソースという名前を持つらしい。

「っていうか、今日、ほんとにごめんね。突然お願いしちゃって」

「ううん、大丈夫だよ」

わたしは今度はじゃがいもにフォークを突き刺し、答えた。麻理恵の彼氏に会いたいなー、というリクエストは、敬太くんと付き合って間もない頃から受けていた。とはいえ機会をわざわざ作るのも照れくさくて、そのうちに忘れてしまっていたのだが、先週、なつきと電話をする機会があり、話題にのぼったのだ。

「これ、買ってきちゃった」

なつきは足元に置いてあったバスケットの中からバッグを膝に取り出し、さらにそこから、小さな何かをこちらに渡してきた。受け取って見てみると、「えんむすび」という金文字の刺繍された、赤いお守りだった。

「お守り、いっぱいあって、相当悩んじゃったよ。どれを選ぶかっていうところから試されてる感じ」

なつきはそう言うと、照れくさそうに笑った。

「混んでた？」

わたしは訊ねた。

「平日だからそんなにかと思いきや、結構混んでたよ。大学生くらいの若い感じの子が多かった。カップルとかいて、アラサー女には肩身が狭かったよ」

「アラサー女、って。別にそんな言い方しなくても」

「アラサーふられ女だよ。妖怪になりそう」

「言いすぎ」

わたしは笑ったが、なつきは半ば本気で落ち込んでいるようだった。無理もない。先週久しぶりに長電話することになったのは、なつきが長い付き合いの彼氏と別れたのが理由だった。電話してもいいかというメッセージの後でかかってきた電話で、なつきが涙ぐんでいるのがわかった。理由は彼の浮気だという。

それでも前向きな彼女らしく、電話の後半では、縁結びスポットである東京大神宮に行こうと思う、という決意を語り、さらに、よかったら麻理恵の彼氏の知り合いを紹介してくれないかという相談まで持ちかけてきたのだった。構わないけど、敬太くんに会ってみないことには、その知り合いを紹介されるのも微妙ではないかとわたしが疑問を唱え、とりあえず三人で食事をしようということになったのだ。雑貨店の雇われ店長であるなつきの休日と、敬太くんのノー残業デーがかぶった今日が、その日となった。

お守りを返すと、なつきはそれをまたバッグにしまい、そういえば、と切り出した。

「スパニッシュオムレツっていうの頼みたいんだけど、焼き上がるのに二十分くらいかかるんだって。頼んじゃって大丈夫かな？　冷めちゃっても微妙だから、志賀《しが》さんが遅くなるようなら、もう少し後にするよ」

　変わらないな、とわたしは思う。わりとさばけた感じで、いろんなことを話すわりに、細かいところで気遣いを忘れない。知り合った大学時代から、なつきはそういう子だった。

「大丈夫だよ。ありがとう」

　わたしは言い、もし他にも頼むなら、となつきから渡されたメニューに目を落とす。仕事を終えてからここにやってくるまでは、空腹を感じていたのだが、今は自分が空腹なのかどうかもよくわからない。おそらく、彼氏と友だちを引き合わせるという慣れないシチュエーションに、静かに緊張しているのだな、と気づく。敬太くんからは、わたしが飯田橋駅に着くくらいのタイミングで、あと二十分くらいで着きます、というメッセージを受け取っていた。もうそろそろ、ここにやってくるはずだ。

「志賀さんって、わたしたちの二つ上でしたっけ？　なんか落ち着いてますねー」

「いや、そんなことないよ」

　なつきと敬太くんが、わたしを挟んで会話していることに、ほんの少しの居心地の悪さを感じる。お互いが気を遣っている感じ。みんながみんな少しずつ遠慮し合い、探り合っているように感じるのは、考えすぎだろうか。なつきと二人で飲んでいたときの気楽さを取り戻したかった。

なつきはワインを数杯飲み、少し酔っぱらっているのか、最初よりも楽し気に見える。それも気遣いかもしれないが。ビールを飲んでいる敬太くんは、いつもどおりといえばいつもどおりだ。

「えー、落ち着いてますよ。わたしたちの同級生なんて、いまだに大学生みたいっていうか。ねえ」

なつきがこちらを見たので、わたしは、ほんとだよね、と同意する。大学時代の仲間とは、今ではあまり集まる機会が少なくなったものの、たまに会っても、変わらないなあという印象を受ける。

「三十歳が境目なんじゃない？」

「そうなのかなー」

敬太くんの言葉に、なつきがそう答えたところで、敬太くんがさらに言った。

「あとは、俺、結婚してたから、それでかもね」

わたしは驚いた。敬太くんが自分の過去の結婚を、わたしの前で口にすることはめったにないから。なつきは、それもあるんですかねー、と呑気な相づちを打つ。敬太くんがバツイチであるという情報は、彼と付き合い出したときに報告していたことなので、なつきにとっては普通の会話なのだろう。

わたしは驚きを隠したくて、あー、と曖昧な相づちを打った。だけど何に対してのものなのか、よくわからない。

チーズがたっぷりかかっているスパニッシュオムレツを口にしながら、次の話題を頭の中で探る。

東京大神宮の様子を詳しく訊こうと決め、わたしが口を開きかけたのと、なつきが言葉を発したのはほぼ同時で、後者のほうが少しだけ早かった。

「結婚したのって、自分の中で大きな変化になりました？」

「どうだろうなあ」

早く話題を変えてほしいと思いながらも、むしろこんなふうに考えることが不自然なのかもしれないとも思い直す。なつきにとってはもちろんのこと、敬太くんにとっても、世間話の一つにすぎないのかもしれない。今まで話題にのぼらなかったのは、わたしが避けていたせいなのか。

「忍耐力はついたかも、少しは」

敬太くんはそう言ってから、ビールのお代わりを頼んだ。わたしもビールを頼む。

忍耐力がついたという彼の二年間の結婚生活について、聞きたいのか聞きたくないのか、わからない。彼が来る前に、自分の空腹具合がわからなくなっていたのと同じように。

知らなかったことを静かに知らされる　今日は別人みたいに見える

文京区

お店の名物だという、魚のバナナ葉包み焼き、なる料理が運ばれてきた。緑の葉を開けて、中の魚が姿を現したとき、わたしは思わず、おいしそう、と声をあげた。隣のなつきの、すごい、という声は、わたしよりも少しだけ大きかった。何種もまじったのであろうスパイスの香りが、さほど空腹ではなくなったはずの胃を刺激する。

魚と野菜を、それぞれのお皿に四等分に取り分ける。ありがとう、と言いながら受け取った敬太くんも、料理をまじまじと見ていて、かなり興味を示しているのがわかる。

いざ食べてみると、想像以上のおいしさだった。魚は太刀魚とのことで、身がほっくりとしている。からみついているソースは、グレービーソースというのだろうか。口に入れると、スパイスの香りをさらに強く感じる。

パテ・ド・カンパーニュやキノコのマリネなど、前菜も充分においしかったのだが、それらとはかなり違った毛色だ。南インド料理とフレンチが混ざったお店、という説明を不思議に思っていたのだが、これを食べて深く納得した。

「さすが吉澤《よしざわ》だなあ」

敬太くんも味に満足しているのか、そんなふうに言った。

「敬太さんがほめてくれるのなんて珍しいですね」

「嘘、そんなことないだろ」

「いやいや、全然ですよ。俺、ほめられて伸びるタイプなんで積極的にほめてくださいよ」

「あつかましい要求だな」

「でもちょっとわかるかも、わたしもほめられたい」

「だよねー」

なつきの言葉に、吉澤くんは勢いよく同意した。

今いる「桃の実」というお店は、なつきの向かいに座る、吉澤くんのセレクトだ。正確に言うと、いくつかのお店を彼が提案して、なつきがその中から、一番気になった場所を選んだのだという。二人が実際に会うのは今日が初めてだが、お店を決める段階からやり取りしていたせいか、さほど緊張せずに軽く会話を交わしているように見える。

「志賀さんと吉澤くんって、三つ違い？」

「年齢はそうだけど、吉澤は大学出て入社してて、俺は専門学校出てから入ってるから、勤続年数だと、えーと、あれ、吉澤、今年で何年目？」

「六年経ちました。敬太さんは十年ですよね？　だから、四年違いかな」

見た目的にはあまり差がないように感じられるが、吉澤くんが老けているというより、敬太くんが若く見えるのかもしれない。今のようにワイシャツ姿であれば、二十代後半くらいに見えるが、休日に会うときのようにTシャツなどを着ていると、大学生といっても通用する気がする。わたしよりもよっぽど肌の状態がいい。

「入社してからずっと仲いいの？」

わたしは訊ねた。

「あー、まあ」

「仲よくさせてもらってます」

答えが二人から、ほぼ同時に返ってくる。

「入社してすぐは、部署が一緒だった上に、席が隣で。そのときは出向じゃなくて会社で働くことが多かったんで、いろいろ教えてもらった感じで」

「え、今は出向なの？」

今度はなつきが訊ねる。

「そうだね、たいていは、取引先の会社に直接行って、そこで仕事してる感じかな」

「えー、それって大変そう」

「気楽な感じもあるけどね。会社によるかなあ」

仕事の話を続ける二人は、やっぱり初対面の感じがあまりしない。年齢が一つ下ということで、なつきの好みとは異なるかもしれないと思っていたが、なかなかお似合いにも見える。

麻理恵の彼氏の知り合いを紹介してくれないかというなつきの申し出は、冗談半分だと思っていたし、敬太くんにそんな知り合いがいるようにも思っていなかったので、話がさくさくと進み、会社の後輩を紹介するとなったのは、少し意外でもあった。言い出しっぺであるなつきですら、本当に紹介してくれるの？　と驚いていたようだった。いきなり二人きりで会うのも緊張するし、四人で飲めたらいいなということだったので、日時を合わせて、こうして飲みにやってきたのだ。

敬太くんが、ワインでいい？　と確認し、注文する。ここのお店のワインは、どれも自然派であるらしい。種類も豊富で、赤か白かロゼかだけを選んでお店の人に頼んでいるのだが、どれも独特の風味がありながらも飲みやすい。

「吉澤くんは、このお店に来るのは何度目なの？」

「二度目ですね」

敬太くんに対してはもちろん、わたしに対しての言葉も、敬語が混じっている。なつきに対してはそれがない。

「どうやって知ったの？」

わたしはさらに訊ねた。

「いくつかグルメブログをブックマークしてて、情報はそこで仕入れるのがほとんどですかねー。雑誌とか見てて、気になったのメモすることもあるんだけど」

「グルメブログ？」

「そう、いろんなお店行ってはレポ書いているような人が結構いて。その中で、自分と食の好みが合いそうな人を見つけてはチェックしてるって感じで」

「すごいねえ」

「食い意地が張ってるから」

吉澤くんはそう答え、少し笑った。敬太くんが、社内でも店に困ったら吉澤のところに行くやつが多いんだよ、とさらに説明してくれる。

「身近にいるとありがたい存在だね」

なつきは言った。なつきも食べることがかなり好きなはずだ。やっぱりいい組み合わせかもしれない、とこっそり思う。

「ちょっとお手洗い」

敬太くんはそう言い、店内奥のトイレに向かう。店内は木が基調で、ドアや窓枠には、ターコイズブルーが多く使われている。席にセットされたクッションもカラフルで、明るさもありながら、落ち着いた雰囲気だ。

吉澤くんが言う。

「今日、正直、ちょっと緊張してたんですよね。なつきさんに会うのもだけど、野村さんに会えるのが。敬太さんの彼女って、どういう人なんだろうなあって思ってて」

「え、そうなの？」

わたしは答えた。まったく緊張しているようには見えなかった。おそらく四人の中でわたしだけが緊張しているのだろう、と考えていたくらいだ。

「敬太さん、よく飲みに行くけど、恋愛関係の話は一切っていっていいほどしないんで。彼女いることだけは知ってたんですけど。会えてよかったなあ」

わたしは一瞬ためらったけど、思い浮かんだことを言葉にする。

「でも、前の奥さんは会ったことあるんじゃないの？」

言った瞬間に、飲みすぎているかな、と思った。

「あー、いや、でも、俺は部署も一緒になったことないんで。今もたまーに社内ですれ違うくらいで。あ、あと、結婚式も行かせてもらいましたけど」

内心、とても驚いた。社内ですれ違う？　つまり、かつての敬太くんの結婚相手は、同じ会社に勤めているということだ。

もっと詳しく訊ねたかったが、ちょうど敬太くんがトイレから戻ってくるのが見えた。いや、ほんとよかった、と吉澤くんは言い、こちらこそよかった、とわたしは言った。穏やかではない心をひた隠しにして。

敬太くんのかつての結婚相手のことは、まったくといっていいほど知らない。聞かずにいたし、敬太くんも言わずにいたから。だから同じ会社だったとしても、変なことではない。それでも裏切られたような気がしてしまう。
なつきがまた、グルメブログについて、吉澤くんに訊ねる。わたしも興味のあるふりをして頷き、ワインを飲む。

沈黙と嘘は違うとわかってる　それでも胸は等しく痛む

江東区

店内は、一つのテーブルを除いて、すべて埋まっている。二人でカウンター席に並んでいるのだが、こちらもわたしたちと同じようにカップルらしき男女二組によって埋まっている。

注文してから出てくるのにも時間がかかりそうだと思っていたが、予想よりずっと早く、料理が運ばれてくる。外国人の店員さんは、やはりインドの方なのだろうか。鯖カレーです、白子のマサラソテーです、と料理一つずつに対して伝えてくれるメニュー名の言い方は流暢《りゅうちょう》で、日本語は堪能なのだろうと思う。

「まずカレーなしで食べてみて、これ」

敬太くんがこちらのお皿に、ゴルゴンゾーラクルチャを取り分けてくれる。クルチャというのは、あまり聞いたことのないメニュー名だと思っていたが、要はナンのようなものらしい。普通のナンよりは小ぶりだが、生地は結構厚い。表面のところどころについている焼き色が、よりおいしそうに見える。分けると、中のチーズが溢れ出し、伸びる。

「ありがとう、いただきます」

口に入れて、噛む。おいしい。口中に広がるゴルゴンゾーラチーズの風味が濃厚だ。塩気が感じられる一方で、甘みもある。

「おいしい」

わたしが口にすると、でしょ、と敬太くんは言い、納得するように軽く頷いてから、彼もゴルゴンゾーラクルチャを食べはじめた。やっぱりうまいなあ、と嬉しそうに言う。

「初めて食べた」

わたしの言葉に、そうなんだよ、他では全然見なくてさあ、あ、カレーも一緒に食べてみて、と敬太くんは言った。

そのとおりに、今度はカレーをつけて食べてみることにする。銀の器に入ったラムミントカレーは、ミントがどっさりとのせられている。ミントも一緒にお皿によそい、クルチャをつける。

「おいしい」

わたしはまたも言った。さっきよりも力をこめて。どちらも個性が強そうなので、反発するのではないかと思ったが、むしろどちらも引き立っている気がした。ミントの爽やかな香りと、柔らかなラム。想像していたカレーのおいしさを上回っている。

「こっちもおいしいよ」

敬太くんが指さした鯖カレーは、見た目はカレーというよりスープに近い感じだ。それはクルチャよりもイエローライスのほうが合うと注文時に店員さんにも言われていたので、イエローライスと共によそい、口にしてみる。ラムミントカレーとはまるで違っている。別ジャンルの料理という感じ。魚の臭みが全然ない。インパクトがありつつもあっさりしていて、どんどん食べてしまいそうだ。

木場駅のお店に行こうよ、予約するから、と言われたときは、どうしてわざわざ木場に、と疑問に思っていた。互いの自宅からも職場からもあまり近くないし。ただ、こうして実際に食べてみると、平日の夜とは思えないほどのお店の盛況っぷりにも納得だ。

「おいしいでしょ。おれも相当久しぶりに来たんだけど、やっぱりここのカレー好きだなあ。インドカレーでは都内で一番だと思う」

わたしはカレーを飲みこみ、頷いてから訊ねた。

「カレー、そんなに好きなんだね」

敬太くんがカレーを好きなのはなんとなく知っていたが、そこまで熱くなるほどだとは思っていなかった。一時期は、一人で評判のお店を探しては食べ歩きしていたのだという。木場駅からこの「カマルプール」までの道のりを歩くあいだに、話してくれたことだ。初めて知った事実だった。

「だって、うまいじゃん」

驚くほどシンプルな理由に、わたしはつい笑ってしまう。敬太くんと付き合ってから、一年半以上が経つ。だいたい月に二、三回は会っている。お互いのことを結構話したつもりでいたし、把握しているつもりにもなっていたけれど、まだ知らないことがたくさん残っているのかもしれない。

「ラムもやっぱりうまいなあ。あ、そういえば、前に行ったラム串の店、あそこもまた行こうよ」

言われて、去年一緒に訪れたお店を思い出す。いいね、とわたしは答えた。二人でおいしい食事を共有できるのは嬉しいし、とても幸せなことだ。

お店のドアが開く。ちらりと見ると、グループ客のようだった。中の一人が、店員さんに予約の名前を告げている。あいていたテーブル席に座るのだろう。彼らがわたしたちの後ろを通ったとき、女性の声で、あ、と聞こえた。

「どうしたの、なんでいるの」

女性が話しかけた相手は、敬太くんだった。少し笑っている。敬太くんは驚いた顔で、あれ、と言い、そっちこそ、と返した。

髪が長く、背が高めの女性だ。白いシャツにグレーのパンツ、黒いジャケットという格好のせいもあってか、仕事ができそうな感じがする。目や鼻といった顔のパーツは、一つずつが小ぶりで、バランスがよく清潔感がある。

「飲み会。今英会話習ってて、そこで一緒の人たちと」

「ああ、そうなんだ。こっちもまあ、飲み会というか、食事」

敬太くんが言ったとき、女性がわたしに視線を向けたので、わたしはわずかに頭を動かし、口角を上げた。女性もまた、上がっている口角をさらに上げ、また敬太くんに視線を戻すと、そっかそっか、と言った。

「さすがカレー好きだね。お邪魔しました」

今度は女性がわたしに向かって頭を下げたので、こっちもさっきより深く頭を動かす。同い年くらいだろうか。

四人組の彼らがテーブルにつき、話しはじめる。メニューの相談をしているみたいだ。そう広くない店内なので、何を話しているか、集中すれば聞こえないこともないが、わざわざ知りたいわけではなかった。他のお客さんも普通に話をしているし。わたしは敬太くんが今の女性について説明してくれるのを待ったが、すぐに言わなかった。わたしのほうから切り出した。

「知り合い？」

わたしの問いに、敬太くんは、あー、うん、と言ってから、若干声を小さくして、モトツマ、と言った。

「え？」

名前を言ったのかと思って、訊ね返した瞬間に、その言葉の意味に気づいた。あ、と思ったが、敬太くんが、前に結婚してた人、と今度は少し早口に言う。その言葉を聞く一瞬前に、モトツマが元妻という文字に脳内で変換されていた。

そうか、実在していたのか。

わたしはそう思ってから、我ながら、変な感想だな、と気づく。実在していたことはわかっていた。詳しい情報はあえて聞かずにいたけれど、敬太くんの会社の後輩である吉澤くんの話から、今も同じ会社に勤めているのだというのは知っていたし、架空の存在であるはずがなかった。

それなのに、落ち着かず、瞬間にして鼓動が速くなる。もう一度彼女の姿を見たいと思ったが、この席からだと、身体を不自然に向ける必要がある。向こうからはわたしの背中が見えているのだと思うと、途端に居心地の悪さを意識せずにはいられない。

「なんか、ごめんね。びっくりした」

敬太くんは言った。もういつもの敬太くんの口調だった。普段から優しく気配りのある彼。

「ううん」

わたしは言い、急いで、ゴルゴンゾーラクルチャをラムミントカレーにつけて食べる。さっきと味が変わった気がする。そんなはずはないのに。

さすがカレー好きだね、という、先ほどの彼女の声がよみがえる。わたしが知らなかった敬太くんの情報を、あの人はたくさん知っている。わたしよりもよっぽど、食事の時間や会話を共有してきたのだろう。

急いで店を出たかったが、まだ料理は残っているし、かえって不自然になってしまう。隣にいる敬太くんも、似たようなことを思っているのかもしれない。東京には信じられないほどたくさんのお店があるのに、なぜこの日のこの時間、同じ場所を訪れることになるのか。こんな偶然はいらなかった。

「木場駅って初めて降りたかも」

わたしは言ったのだが、言葉はあまりにも不自然な、無理やりに会話の流れを変えようとしての響きを持っていた。言わなきゃよかった、とすぐに思った。敬太くんもまた、同じような気まずさを抱えているに違いなかった。

偶然という簡単な言葉では片付けられないような偶然

中央区

乾杯のドリンクである生ビールを口にして、注文した料理が運ばれてくるのを待つあいだに訪れたわずかな沈黙で、数時間前に目にしたチャペルの光景を思い出している。

今日はあいにくの曇り空だったが、晴れている日は、奥に位置する巨大な窓から、光が降り注ぐように射しこみ、それは美しいらしい。案内してくれた女性が、こちらのチャペルは、チャペル人気ランキングでも上位にランクインしているんですよ、と話してくれたが、そもそもそんなランキングがあるのだなあということにも驚いてしまった。

光が射しこむチャペルで、よく見知った顔が多数ある参列客に見守られ、バージンロードを歩いていき、永遠の愛を誓うというのは、さぞかし緊張するものだろう。今日の模擬挙式で新郎新婦役を務めていたモデルの二人は、それなりに慣れているのだろうが、それでも緊張感が漂っていた。本人たちにというより、場所自体に生まれるものなのかもしれない。わたしはクリスチャンではないが、チャペルには、やはりどこかしら神聖なものを感じた。

新婦役の女性が身につけていた、真っ白なドレス。胸元にレースがほどこされている以外は、装飾も少なく、シンプルなデザインだった。

「今日はありがとう。すごく助かった」

向かいに座っているなつきが言い、わたしは回想を止める。

「ううん、全然。なんだか新鮮で楽しかったし」

嘘ではなかった。友だちや親戚の挙式や披露宴に参加したことはあるが、見学会というのは初めてだった。裏側というほどではないが、式場を違った視点から見たり、話を聞いたりできるのは、なかなか興味深いものだった。

「彼とはなかなか休みが合わなくて。今回、わたしが土曜日休めただけでも、かなりラッキーって感じなんだけど」

雑貨店の店長として勤めているなつきは、そうも言う。

タイミングが合わずに、わたしはまだ会えていない、なつきの婚約者もまた店長職であるため、土日祝日が忙しく、休みは平日にとることが多いらしい。

生ビールを飲んで、はぁ、とため息とも感嘆ともとれる声をなつきは出した。

「やっぱり試食会は断って正解だったわ。ビールおいしい」

見学会コースの最後には、試食会というものがあり、実際に披露宴で出される食事の一部を試食することができるのだという。参加しなくていいのかと、何度か確かめたが、申し込みの時点から断っていたということだった。付き添いの身としても、確かにこうして二人きりでとる食事のほうが、リラックスできる感じはある。

「さっきのところにするの？」

突き出しの和え物を飲みこみ、わたしは訊ねた。なつきは、そこなんだよねえ、と、わたしの質問を待っていたかのような相づちを打つ。

「チャペルはよかったけど、全体的に値段が高いんだよね。アクセスもいいから仕方ないのかもしれないけど。お互い、そんなに貯金があるわけでもないし、下に兄弟もいるから、親に頼るのもねー」

横で話を聞いていただけだが、確かにかなりの金額がかかるものなのだなあと戸惑ってしまった。披露宴会場に花を少し追加したりするだけでも、ずいぶんと値段が変わってくるようだ。数時間のことなのに、とも思うが、一生に一度と言われているものだからこそ、特別になるのはやむを得ないのかもしれない。

男性店員によって、頼んだ料理が運ばれてくる。だし巻き玉子や海老真丈湯葉巻き揚げといった料理もおいしそうだけれど、やはり、メインともいうべきおでん盛り合わせに目がいく。お店を二人で選ぶときにも、おでんというのが決め手になったのだ。綺麗に盛られたおでんに、わあ、と声が出る。

試食会をパスして会場を出たものの、付近に特に知っているお店はなく、なつきにしても同じ意見だった。歩くうち、銀座にたどり着き、味のある字体の看板に惹かれ、ビルの地下にある「おぐ羅」にこうして入ってみたのだった。

数種類入った具材のうち、一つずつを自分のお皿にとり、最初にちくわを嚙んだ。あっさりとした優しいだしがしみていて、じゅわりと口の中で広がる。温度もあたたかいと熱いの中間くらいで、ちょうどいい。だしは昆布とかつおぶしだろうか。気づかないうちに溜まっていた疲れが、ほぐされていくような感じだ。

「おいしい」

「おいしいね」

同じ言葉を交わし、しばらくおでんに集中する。ずいぶん空腹だったのを、食べつづけることで意識する。

ひと段落つき、一杯目のビールも飲み終えたころ、なつきが言う。

「にしても、わたしが結婚するとはなあ」

「いやそれ、こっちが言いたいよ」

わたしの言葉に、なつきが笑った。

恋人と別れ、新しい恋人を求めていたなつきに、敬太くんの後輩を紹介したあとで、珍しく疎遠になっていた。ついこの間連絡が来て、一緒にごはんに行ったときに、結婚すると打ち明けられた。それだけでも充分びっくりしたのだが、相手は別れた恋人でも敬太くんの後輩でもなく、以前から知り合いではあった仕事のつながりがある人だと聞き、さらにびっくりした。数ヶ月あれば、人間の状況はこんなにも変わるのだ。単なる知り合いが婚約者となることだって普通にありえる。何の変哲もなかった自分の数ヶ月を思うと、余計に驚いてしまったのだった。

「やっぱり勢いが必要なのかも。今までもそういう意見聞いたことあって、あんまり意味わかんなかったけど、自分が似た状況になってみると、こういうことかあ、って実感したよ」

いるもの。

「勢い、か」

言われた単語を、思わず繰り返してしまう。勢い。おそらく今のわたしには欠けて
「麻理恵は結婚したいって思ったりしないの？」

まっすぐに訊ねられ、一瞬答えに詰まる。やってきた男性店員に、それぞれ二杯目の飲み物を注文してから、わたしは今までなつきに打ち明けていなかったことを話した。敬太くんの「モトツマ」に偶然会ったことや、以来、彼女の存在が気になってしまっていること。かといって敬太くんに詳細を聞くこともできず、なんとなく互いにわだかまりを残したようになっている最近の状況。眉間に皺を寄せながら話を聞いていたなつきは、わたしがひととおり話し終えると、心底不思議そうに言った。

「言いたいこと言ったら？　聞きたかったら聞けばいいし、言えばいいじゃん」

ものすごくシンプルで、そのとおりだった。わかっているのにそうできないのは、愛情からなのか、あるいはその逆なのかが、自分でもわからないのだ。壊したくないのか、進みたくないのか。自分の気持ちなのに、こんなにもわからない。けれど正直に打ち明けても、またなつきの眉間に皺を寄せてしまうような気がした。

「聞いてみてもいいのかな」

生レモンサワーの酸味が口に広がる。

「聞きなよ、気になるなら」

なつきの力強さに反し、わたしはいったい何を気にしているのだろう、という、心細く頼りない気持ちが胸に広がってしまう。チャペルを見ながら想像していたのも、敬太くんと自分が歩く姿などではなく、かつて似たような場所を歩き、誓ったはずの、「モトツマ」の姿だった。もう顔も鮮明には思い出せない彼女のことが、どこかに引っかかっている。また生レモンサワーを口にした。


割ることもできないでただ見つめてる　徐々にしぼんでしまう風船

墨田区

テーブル席で向かい合うのではなく、カウンター席で隣り合って食事をとるのは久しぶりだ。しかもそれが夕食じゃなくて昼食なのも久しぶりだし、回転寿司を二人で食べるのは、おそらく初めてのことだ。

互いに土日が休みではあるものの、それぞれに予定が入ったりして、朝からゆっくり会うということは最近少なかった。

「次、どうしようかなー」

「あ、いくら食べたいな。敬太くんも食べる？」

「お、食べる」

わたしは手を伸ばし、いくらが二貫のったお皿をとると、二人の間に置いた。一貫をとり、口に運ぶ。おいしい。

「醤油つけないの？」

敬太くんに、少し驚いたように訊ねられ、わたしは答える。

「うん、いくらはそのまま食べてる。うちの両親もそうだったからかも」

最後に両親とお寿司を食べた日がいつだったのかは思い出せないが、おそらく明日食べたとしても、両親はいくらに醤油をつけないだろう。ずっとそうだった。

「へえ、なんか、通っぽい」

「ううん、通じゃないと思うよ。お父さん、白身はいまいち違いがわかんないなあ、なんて言ってたこともあるし」

会話によって、忘れていた記憶まで掘り起こされる。実家には久しく帰っていない。たまには顔を見せに行かなければ。

「うまいな」

醤油をつけたいくら軍艦を、敬太くんは食べ、満足そうな様子を見せた。またお皿が積み重なる。

わたしたちは「回転寿しトリトン東京ソラマチ店」にいる。せっかく久しぶりに朝から会えるんなら、どこか出かけようかと言ったのは敬太くんで、話し合ううちに、行き先がスカイツリーに決まったので、前から気になっていた回転寿司のお店に行きたいとわたしが言った。

行列ができると聞いていたので、だいぶ早めに来たのだが、それでも開店直後の入店にギリギリ間に合うくらいだった。わたしたちが入る頃には、列はさらに長いものとなっていた。今も多くの人たちが待っているはずだ。早めに食べて、お店を出なければ。

一皿目の炙《あぶ》りえんがわを分け合ったときに、人気の理由はすぐにわかった。えんがわの甘みが口の中に広がり、炙りの香ばしさも際立った。おいしい、という声がため息みたいにこぼれたのだが、その声の出し方すらも、隣の敬太くんと完全にシンクロした。湯呑みに描かれたピンク色のイルカは、おそらくオリジナルキャラクターなのだろう。お茶を飲むと、かえって、まだ空腹であることを意識した。

目の前の注文票に、食べたいものを書き込む。帆立。しめ鯖。いくらでも食べられそうな気がしてしまう。

「俺、サーモン食べたいな」

「うん、他には?」

「どうしよう、とりあえず回ってるのも見つつ考えようかな」

「じゃあ渡しちゃうね」

記入した注文票を、カウンターの中で、動きつづけている職人さんに渡す。はい、ありがとうございます、と威勢よく受け取ってもらう。

「回転寿司好きなの、知らなかったな」

敬太くんに言われ、わたしは答える。

「かなり久しぶりだけどね。楽しいよね、なんか」

「わかる。自由だー、って感じがしない？」

「何それ」

笑ったけれど、本当は少しわかるような気もした。食べたいものを食べたいだけ取る。そういう店は他にもあるのだと、もちろん知っているが、気軽に感じられるせいだろうか。

またお茶を飲んでいると、さっそく注文した帆立が中から渡される。礼を言って受け取り、敬太くんに食べるかも確認せず、二人の間に置く。

他のネタもそうだが、強く甘さが感じられる。とはいえ不自然な甘さではなく、素材そのものの味の強さというのだろうか。わたしはまた、おいしい、と声をあげる。ため息みたいに。

「敬太くんって、お寿司だと何が好き？」

わたしは帆立を食べる敬太くんに訊ねた。彼は、え、と一言つぶやいてから、しばらく考えこむような様子を見せた。

「やっぱりトロかなあ。あの王様には逆らえない」

「確かに」

わたしはまた笑う。

「麻理恵ちゃんは？」

「悩むけど、貝類はだいたい好きかな。帆立はかなり好き」

「知らなかったな」

敬太くんの答えに、ある出来事が頭をよぎる。あれから何度となく思い出していて、それでも言えずにいたこと。今ならすっと話せそうな気がした。

「わたしのほうが、敬太くんのこと、全然知らないと思う」

サーモンとしめ鯖が、それぞれお皿にのって、職人さんから渡される。また、ありがとうございます、とお礼を言った。

「そう？」

敬太くんはおそらく、何の話か気づいていない。わたしはしめ鯖をゆっくりと噛む。

食べ終えたところで、おすすめのネタが書かれた、ぶらさがるいくつもの短冊を見つめつつ、言う。

「前に、カレー屋さんで会ったときに、実感したんだ。わたし、敬太くんのこと、何も知らないんだなって」

会った人が誰かはあえて口にしなかったが、わかったようだった。ああ、という納得と、ええ、という困惑の間くらいの音の返事が、隣から響く。

「カレー好きなのもあのときまで知らなかったけど、彼女はやっぱり知ってたし」

背の高い、しっかりとしたタイプに見える女性。彼女の顔についての記憶は、時間が経って、曖昧なものとなっているけれど、出来事自体は鮮明だ。敬太くんとかつて一緒に暮らしていた女性。彼が「モトツマ」と呼んだ、今も同じ会社で働く女性。

「それは、たまたまっていうか」

「ううん、別に、そのこと自体が問題じゃないんだ。ただ、わたし、自分で聞かないようにしてたのかもなって気づいたの。別に好きな食べ物の話だけじゃなくて」

イカと白つぶ。回転レーンから、たてつづけにお皿を取った。わたしは好きなものを選ぶことができる。話しつづけた。

「結婚のこととか、聞いちゃいけないような気がしてたし、聞くことで、いやな気持ちになるのも怖かった。我慢してるってつもりでもなかったんだけど」

言いながら、この間のなつきの言葉を思い出していた。

——聞きなよ、気になるなら

なつきはそう力強く言っていた。ものすごくシンプルだ。

実を言うと、わたしは敬太くんを少し避けていたのだ。予定がない日でも、あるかのように装って、あまり長時間会うことのないようにしていた。以前に比べれば、会う頻度は減っていた。

「そっか、ごめん」

敬太くんは言った。わたしはまだ彼のほうを見ることができない。横並びでよかった、と思う。だからこそ言えたような気もした。

「でも、俺も同じかも」

「え？」

続いた言葉が、予想外のものだったので、イカがまだ口の中に残っているというのに、わたしは疑問の声をあげてしまう。

「俺も本当は話したいと思ってたんだ。麻理恵ちゃんって結婚願望はあるのかとか。でもなんか、怖くて」

イカを飲みこんでから、答える。

「怖いって」

「なんか、温度差とか、そういうのが。勝手に想像して、勝手にひるむのも、失礼な話だけど」

やっぱり知らないことだらけなのだな、と思う。彼が考えていることを、全然知らずにいた。おそらく何度会ったって、どれだけ言葉を交わしたって、わたしたちはお互いを完全に知ることなんてできない。

だからこそ一緒にいたいと思えるのかもしれない。

食べ終えたら、展望台から東京の街並みを見る予定になっている。わたしだけが行ったことのある場所、彼だけが行ったことのある場所、二人で行った場所。そこでまた、いろんな話ができたらいいなと思った。


別々に生まれ育ったわたしたち　君の話を聞かせてほしい

渋谷区

日本で昔、バブルという現象が起こり、それは弾けてしまったのだということを、わたしはよく知らない。バブルのさなかに生まれたものの、物心ついた頃にはとっくに弾けてしまった後だったし、春に定年退職した父が働いていたのは文具会社で、ほとんどバブルの恩恵は受けなかったと聞いている。

だからわたしにとってバブルというのは、本能寺の変とか、フランス革命といったものに似ている。かつて起こったらしいけど、自分は知らない、知るよしもない、教科書の中だけに存在するもの。

だけどこうして、一皿目のアミューズを口に含み、それに合わせられたシャンパーニュを飲んでいるとき、かつて起こったバブルというのは、こういうものだったのかもしれない、と思う。口の中でかすかに弾けている泡からの連想かもしれないが、前《ま》田《だ》さんと一緒にいるとき、わたしはそれまで考えもしなかった、バブルというものに思いを馳《は》せることが多い。

「すっきりしてるね、これ」

わたしの左隣に座る前田さんがそう言う。おそらくシャンパーニュのことだ。そうだね、と同意する。すっきりしているとは感じられるが、ただ、他の銘柄とくらべられるほど詳しくはない。

わたしたちは外苑前にある「フロリレージュ」というフレンチレストランにいる。前田さんはこの店が、ここに移転してくる以前から通っていたというが、わたしは二度目の訪問だ。一度目も前田さんに誘われてやってきた。地下にある店なのだが、階段の場所と、メタリックの扉を見つけるのに苦労したのを記憶していたから、今回はスムーズにやってくることができた。

めったに予約が取れないお店ということで、平日の夜だというのに、席はどれも埋まっている。わたしたちがいるのはカウンターだ。この店の座席の大部分を占めている。変わっているのはその造りで、オープンキッチンを取り囲むように大きなコの字型になっていて、中で数名のシェフたちが調理する様子を眺めることができる。植物や石なども飾られていて、非日常的な空間だ。

予約が取れないことを知っていた前田さんが、二ヶ月前の訪問時、食事を終えた段階で、今日の予約を入れていた。二ヶ月先も一緒に来よう、とわたしに言って。その時はずいぶん先のように感じていたのに、気づけばもう予約の日を迎えていた。

料理と、それに合わせたお酒が運ばれてきて、丁寧に説明をしてもらう。着席する時点で、十一品のコースの料理名が書かれた紙は受け取っているのだが、いずれも詩のタイトルのようになっていて、それだけではどんな料理かまるでわからない。

二皿目は、自家製だというアンチョビを使った料理だった。添えられているのはトマトのコンフィだという。かなり大きな茶色い器の中央に、少しだけ料理が盛られている。一皿ごとに、さまざまな食器や盛り付けが見られるのも楽しい。

グラスに注がれたワインは、スペイン産の白だ。耳にした具体的な地名は、聞いた瞬間から流れ出ていってしまうように感じる。前回はワインだけでなく、料理が進むにつれ、日本酒やカクテルといったものも出てきた。珍しい形式だと感じたのだが、それも前田さんがこの店を気に入っている理由の一つらしい。料理と飲み物を合わせるペアリングが素晴らしいんだよ、と前回は熱を帯びた様子で話していた。ペアリングという言葉も、この店に来るまで使ったことはなかった。

前田さんと会っていると、初めての言葉や初めての景色に触れることが多い。単純に嬉しいというよりも、戸惑ってしまうことも多々あるのだが、それ以上に、不思議に思う。どうして自分はここにいるのだろう、と。

付き合い出して半年ほどになるが、前田さんに関してはわからないことが多い。IT系の会社を経営しているというのは、初対面の場となった共通の友人の飲み会で既に聞いていたことだが、具体的な業務内容は謎で、彼の会社のホームページを見てもよくわからなかった。訊ねたこともあるのだが、一般の人には説明しにくいんだよね、企業絡みの事業が多くて、と答えられた。たとえば、とさらに訊ねようと思ったが、おそらく本当に自分には理解できないのだろうという気がして黙った。

何よりも、知り合いや友人が多く、見た目にも清潔感があり、お金を充分に持っているであろう彼が、なぜわたしを好きになったのかは、まるでわからない。初対面の飲み会を終えた翌日から、頻繁にＬＩＮＥをくれて、食事に誘ってくれた。別に合コンとかいった類《たぐい》の会ではなかったし、特にわたしが彼の琴線にひっかかるような話をしたわけではなかったはずなのだが、かといって、わたしを騙《だま》すメリットがあるわけでもない。

彼が住む、南青山のマンションに初めて訪れたとき、天井まである大きな窓から、並んで夜景を見た。名称のわかる建物を指してはその名前を言い合い、光の一つ一つに目を細めた。横から肩に手を伸ばされたときに、これはドッキリ番組かなにかなんだろうか、と思い、そんな変なことを思った自分に呆《あき》れ、なぜか笑ってしまいそうになった。あのとき、笑いをごまかそうと、彼の胸に顔をつけたのだ。

一回りも上の彼が、わたしといて、楽しいことなんてあるのだろうか、と不安になることも多い。実際に、なんでわたしを好きになってくれたの、と訊ねたこともある。なんでって理由なんてないでしょう、と前田さんは言うのだが、理由なく始まったものは、理由なく終わってしまうのではないかと、わたしはさらに不安になる。

新たに運ばれてきた三皿目は、ホワイトアスパラをメインの食材とした料理だ。白はもちろんのこと、添えられているソースや付け合わせが、鮮やかな黄色や緑といったもので、食べてしまうのがもったいなく感じられてしまう。

ペアリングのお酒にもまた、わたしは小さく、わあ、と声をあげた。升に入ったもので、ライムなどが使われたカクテルだという。二つの升が、さらに大きな升にのせられているのだが、小ぶりの桜も一緒に飾られている。

いつも食事をするときはそうであるように、前回も彼がすべて支払ってくれたため、この店の食事代を細かくは知らないのだが、派遣社員として広告代理店の受付で働いているわたしが、一日に稼ぐ金額を、ゆうに超えているはずだ。そのことについて深く考えると、自分の仕事の価値について思うのと同時に、やっぱりドッキリ番組かなにかだとでも言われたほうが、納得できる気がする。

三皿目を口にしはじめてすぐ、前田さんが、ごめん、とわたしに言った。

「ちょっと出なきゃまずい電話来ちゃって。すぐ戻るから」

頷いたわたしに、薄く微笑むと、前田さんはスマートフォンを持って外へ向かう。

たとえば前田さんに他に五人の彼女がいると打ち明けられても、わたしはあまり驚かない。もちろんショックではあるし、ひどいとも思うが、一方では、やっぱり、と安堵に似た思いすら浮かべるだろう。それくらい、今の状況が不思議で仕方ないのだ。

升を口につけ、中の透明な液体を飲みこむ。ふわりと爽やかで甘い香りが漂う。洋梨も入っているという説明だったので、フルーティーさはそこから来ているのだろうか。口当たりが柔らかく、ソフトドリンクのように、いくらでも飲めてしまいそうだ。

炭酸は入っていないにもかかわらず、わたしはまた、バブルという言葉を頭によぎらせる。いつか弾けてしまうのではないかという予感を、どうしても拭い去れずにいる。ふとドアの方に顔を向けてみるが、前田さんの姿は確認できない。

消えていく味を思った　永遠に残るものなどない空間で

選んだ三種類の冷前菜が、白いお皿に綺麗に盛り付けられてサーブされる。もう一種類の温前菜であるトマトとツナとチーズの重ね焼きは、少し後で出てくるそうだ。

果肉も一緒に添えられているマンゴーソースがかけられた、フォアグラのプリンをスプーンですくって口に含む。強い風味が口の中で広がっていき、液体に近い固体はゆっくりとなくなっていく。おいしい、とわたしはつぶやいた。

「前菜が特においしいんだよ、ここ」

前田さんは言い、わたしは頷く。

彼が連れてきてくれるお店は、いつだって高級なもので、今いる「アッピア」も例外ではない。混雑しているのもあり、雰囲気にはカジュアルさがあるが、形式が特別だ。

先ほど、十種類以上の料理がのった長いワゴンを運んできてくれた男性は、その一つずつについて丁寧に説明をしてくれた。どういった食材を、どういった方法で調理しているのか。さらには、のっていたトマトを手に取り、お好みであれば、スライスしてお出しすることも、モッツァレラと合わせてカプレーゼにすることも可能ですよ、とにこやかに伝えてくれた。

このお店に、料理メニューは存在していないのだ。好きなものを好きなだけ選んで取り分けてもらう。並んでいない料理すら、相談して作ってもらうことができる。自分の気にいるように。

「絵本みたいだね」

わたしが言うと、前田さんが、エホン？　と知らない単語に触れたかのようなリアクションをとる。

「このお店の料理の選び方」

そう付け加えると、納得がいったらしく、ああ、と微笑みを浮かべる。薄い水色のシャツの一番上のボタンは、今日も開けられている。前田さんはほとんどネクタイをしない。嫌いなのだという。たいてい一番上のボタンは開けられている。単にそういう着方なのだとわかってはいるが、シャツを通して、あらゆるものに縛られたくない、というメッセージをこちらに送っているようにも思えて、わたしは警戒している。

前田さんを縛りつけたり、面倒くさがらせることを、普段から恐れている。そのため、咄嗟《とっさ》に思い浮かんだ言葉を、実際に音にするまでに、他の人と話しているときよりも時間を要する。

自分がどうしてここにいるのかわからない。ここ、というのは、アッピアのことでもあるし、前田さんの向かい、ということでもある。わたしには彼を楽しませるような話術もないし、人目を惹くような美しさもないし、誰もが憧れるような才能もない。問うたびに、理由なんてないでしょう、と前田さんは言うが、その答えはもちろんわたしを納得させてはくれない。

冷前菜をあらかた食べ終え、温前菜のお皿が運ばれてきた直後に、今度はパスタとメインを選ぶためのワゴンがやってきた。所狭しと食材が並べられている。今度は、テレビ番組みたいだな、と思う。シーフードや肉にも、丁寧な説明がつけられる。例としてあげられる調理方法は、どれもおいしそうで、いくらでも悩んでしまいそうだ。味が想像できないものも多い。

結局、パスタは蟹のカルボナーラ、スープはシーフードがたっぷり入っているというズッパディペッシェ、メインはフランス産の牛肉を焼いてポルチーニソースをかけたもの、というオーダーをする。メインはあまりに悩みすぎたので、前田さんと同じものにした。

知っているツナと違い、濃厚で細やかな味がするトマトとツナとチーズの重ね焼きを口にしながら、わたしは、本当にここは絵本の中の世界なのかもしれない、と思ってみる。

好きなものを好きなだけ、なんて、お姫様の食事みたいだ。少なくとも、今までわたしの人生においては、こんな食事は日常にはなりえなかった。

わずかな振動音がして、向かいを見ると、前田さんのスマートフォンのようだった。

「消したつもりだったんだけど、ごめんね」

わたしは首を横に振り、構わないということを表す。

前田さんは隣に置いていたバッグからスマートフォンを取り出し、画面を確認すると、わずかに顔をしかめた。一瞬だったから、おそらく本人も意識していなかったと思うが、確かに眉間には皺が寄っていた。出なくていいの、と訊ねるよりも先に、前田さんは、大丈夫、とわたしの問いを想定したかのようなことを言う。そのままバッグにしまいこまれたスマートフォンは、すぐに静かになった。

彼にはよく電話がかかってくる。食事をとっているときでも例外ではない。彼の部屋であっても、こうしたレストランであっても、彼は電話するときに、席を外し、わたしから離れたところで話す。時おり聞こえ漏れてくる言葉から、仕事の電話なのだろうと想像しているが、わたしは彼の仕事内容すらきちんと把握できていない。

何の話かとか、誰からかとか訊ねないのは、どうせわからないだろうと思っている部分もあるし、まったく気にしていないのだとアピールしたいからでもある。わたしはあなたのお仕事を応援しているけれど、説明してほしいとか、面倒くさいことは求めないし、たとえあなたに少しくらい、他にも時々会う女の人が存在しているとしても、全然気にしないですよ。そういうふうに装っている。内心、気になって仕方ないくせに。

前田さんと会っているときの自分は、作られた自分かもしれないと感じる。思うままに振る舞ったなら、前田さんにたやすく嫌われるのではないかという不安が消えない。こうして過ごしている絵本の中の世界なんて、きっと一瞬で崩れ去ってしまう。

読んでいた絵本や、子どもの頃に好き勝手に広げる空想はいつも、王子様とお姫様が結ばれるシーンで終わった。そのあとの生活のことなんて知らなかった。見たこともないくらいの豪華でおいしい料理を好きなだけ食べるシーンはあっても、スマートフォンの発信元を探るようなシーンはなかった。

「おいしい、すごく」

訊ねたいことや言いたいことではなく、わたしは、言っても問題のないことを口にした。これも本心だった。嘘じゃない。それでも心には、澱《おり》のようなものが溜まっていく気がしてならないのだった。

自由にはまだ慣れてない　ためらわず選ぶようには生きていけない

お皿の上に、一つだけ残ったミニバーガー。肉料理に合わせてサーブされたそれにも、同じく肉が挟まれている。自分の分は食べきったので、おいしいことは既に知っているが、二つ食べきるほどの余裕は胃袋には残されていない。もちろん向かいに置かれた、ポークを使った料理も。

華やいでいた先ほどまでと、まるで違った気持ちになっているのは、単に食欲が充分に満たされたからというわけではない。

前田さんがいなくなってしまった。

外せない仕事で、と去り際の彼はわたしに言った。苦しそうな表情で謝って。こちらが何度いいと言っても、軽く頭を下げつづけた。そうして急いでわたしの分までお会計を済ませて、彼は足早に去っていった。

あの様子から考えると、きっとまたわたしが家に帰る頃や、遅くとも明日の朝までには、謝罪の電話なりメッセージなりが届くに違いない。そしてわたしたちはそのうちにまた会う。にもかかわらず、わたしはなぜか、彼ともう会えないのかもしれない、と考えてしまっている。

一皿目のガラスの器にのって運ばれてきた、柑橘の風味が広がる、アイスを使った前菜。あの器や料理の美しさ、そして味について話していたときから、思えば前田さんは、どこか落ち着かない様子だった。会うのは久しぶりだったので、そのせいかとも思っていたのだが、こんなふうに退席してしまうことになる事態についての予想が、彼の中にはあったのだろうか。

今までデートしていたときにも、途中で席を外してしまうことはあった。少し前からだろうか。電話がかかってきて、店の外に行って電話をするというのが常だった。今日は電話ではなく、メールのようだった。唇を固く結び、メールを読んでいた様子の彼は、顔をあげると、わたしに謝ったのだ。

店内にある横長の窓からは、桜の木が見える。とはいえこの季節なので、既に葉を落とし、枝だけとなっている。枝だけでも桜とわかるのは、お花見の名所として名高い目黒川沿いに店が位置しているからだ。今日も仕事を終え、中目黒駅から川沿いを歩いてここまでやってきた。

お花見の季節はさぞかし混むだろうね、という話を、さっき前田さんとしていた。早いうちから予約しておいて、ここでお花見をしよう、とも彼は言っていた。シンプルな内装の中で、おいしい料理をいただきながら見る桜は、さぞかしいいものだろうと思い、わたしは、うん、と勢いよく頷いていた。あの会話からまだ一時間も経っていないというのに、はしゃいでいた自分が、ずいぶん昔の姿のように感じられるのはどういうわけなのだろう。

次に桜が咲くのは来年だ。来年、わたしは前田さんと付き合っているのだろうか。時間の流れは年齢を重ねるたびに早くなっていくし、春なんてすぐにやってくるようにも思えるのだけど、前田さんとテーブル越しに向かい合って、窓の外の桜を見るところは、あまり現実味を帯びて考えられない。

やっぱり他にも付き合っている女の人がいるのだろうなという、これまでだって繰り返した想像を、わたしはまた始めてしまう。彼がわたしを好きになる理由が思いつかない。一番目ではなく、何番目かというのなら、少しは納得できる。

「肉料理はいかがでしたか」

テーブルにやってきたウェイターの男性に話しかけられ、わたしは、おいしかったです、と答えた。

「ミニバーガーもすっごくおいしくて」

やけに頭の悪い感想になってしまった気がした。料理に対する語彙を、わたしはあまり持ち合わせていない。おいしいものを食べ慣れている前田さんであれば、もっとうまく感想を述べるのだろう。さっきそうであったように。

「よかったです。バーガーは人気が高いんですよ」

なめらかな最小限の動きで、音を立てることなく、お皿を片付けながら、答えてくれる。前田さんの座っていた席に置かれたお皿に、男性が触れたとき、すみません、とわたしは言った。手つかずの料理を片付けさせてしまうのは、申し訳なかった。

「いいえ。お連れ様、残念でしたね。このあとデザートをお出ししますので、もう少々お待ちください」

はい、とわたしは言う。

男性が立ち去り、わたしは、残念でしたね、という言葉を心の中で復唱する。コースの途中でいなくなってしまって残念だという、シンプルな意味で発されたものだとわかっているが、やけに胸に残ってしまう。

このお店の名前は「クラフタル」という。技術や技巧といったものを意味する「クラフト」と、物語を意味する「テイル」を組み合わせて一つの単語にしたものらしい。店のセレクトは、いつもそうであるように、前田さんによるものだ。店名の意味も、何度か訪れたことがあるという前田さんから教えてもらった。

彼がいなければやってくることがなかったであろうこうしたお店に、彼がいなくなったなら、わたしはまた来なくなるだろう。料理の質を考えれば、けして高いものではないのだろうが、わたしの収入からすると不釣り合いなランクだ。

今までに一緒に行った店を思い出しながら、前田さんの不在そのものから目をそらしている自分に気づく。素敵なお店に行けないなんて、本当は些細なことなのだ。それよりも、彼ともう会えなくなってしまうことを、自分はどう感じるのか。

さっき料理を片付けてくれた男性が、今度は新たなお皿を持って、わたしのいるテーブルに近づいてくる。黒いお皿。そこにはどんなデザートが盛られているのだろう。あらゆるものに蓋をして、目の前の誰も座っていない、さっきまで特別な人が座っていた椅子からも、目をそらす。男性がわたしの前にお皿を置いてくれる。今度は一つだけのお皿。そのデザートの美しさに目を奪われつつ、わたしは彼の説明を待つ。

満開の桜が枝になるようにこの夜もいつか夢になるのか

なんでわたしはこんなところを一人で歩いているのだろう。

声には出さずに問いかけてみる。通りかかったゲームセンターから、高校生らしき制服姿の男女が数名出てくる。開いた自動ドアから、電子音や可愛らしい声のアナウンスや客と思われる誰かの声が混じった、騒がしい音がこぼれてくる。入ってみてもいいかもしれない、と一瞬だけ思ったが、何一つとして用はないとすぐに気づく。ゲームはそんなに好きではない。アニメもほとんど見ないし、欲しいぬいぐるみも景品も思いつかない。

下北沢は賑やかな街だ。そういえばさっきもここを通ったな、とファストフード店の前を過ぎたときに思い出す。自分が何分くらい歩いているのかわからない。歩くというより、さまよっている。迷子だ。保護者もいなければ目的地もない。

理由だってない。

怒っているというわけでも、悲しんでいるというわけでもなかった。おそらく。自分の気持ちがハッキリわからない。ただ、まっすぐ家に帰る気になれなくて、家とは反対方向の電車に乗った。すぐに降りて、こうしている。不良学生みたいだと思う。学校なんてとっくに縁のない大人になってしまったというのに。

足が少し痛む。靴底が一面深紅になっている、黒いヒールは、人気のある高級ブランドのものではなく、それを真似たのであろう安物だ。ブランド名もわからない。すぐに履きつぶすのだからいいやと思って買ったのだが、意外と長く使えている。

代々木上原で創作フレンチを食べる予定だった。季節ごとに変わるメニューは、いずれも素晴らしい素材を使っていて、芸術品のような仕上がりなのだと、前田さんは話していた。なかなか予約が取りづらくなったというそのお店に行くのを、楽しみにしていたのだが、待ち合わせの十分前になって、行けなくなってしまったという電話が来た。駅を出て、お店に向かっている最中だった。

前田さんはひたすらに謝っていた。苦しげとも聞こえるような声で。舞美《まいみ》ちゃんだけでも行ってくれて構わないよ、とも言っていたが、そんな気になれず断った。だけどこうして下北沢をあてもなく歩いているよりは、「芸術品のような」フレンチを食べているほうが、ずっとよかったのかもしれないとも後悔が生まれてくる。

来られない理由は訊ねなかったからだ。訊ねたところで、仕事という答えが返ってくるであろうことは想像にたやすいし、それ以上は踏み込めなくなる。だからどっちにしても同じだったのだが、果たして恋人として正しい態度なのか、自信がなくなる。

恋人。わたしと前田さんの関係をあらわすのなら、その二文字で間違いはないはずなのだが、どこかしっくりこない。何度となく会い、話をし、おいしいものを食べ、おいしいお酒を飲み、楽しい時間を過ごしている。南青山の彼の部屋も、どこに何があるのかをたいていは把握している。それなのに、彼のことを何も知らないような気持ちになるのだ、時々。

足の痛みがつらくなり、立ち止まったタイミングで、小さくお腹が鳴った。お腹がすいていたんだな、と、自分のことなのに他人事《ひとごと》のように気づく。

いったん意識してみると、空腹がものすごく大きなものに感じられる。

お肉が食べたい。

焼き肉とかステーキじゃなくて、ソースがたっぷりかかったハンバーグ。

妙に具体的に思い浮かんだイメージが、頭から離れず、わたしはまた歩き出す。中華料理店やタイ料理店の前を素通りし、ハンバーグのことを思いながら歩く。とはいえ土地勘もないので、さっきまでさまよっていたのと、何かが劇的に変わるというわけでもない。

腕を組んで歩いているカップルが、やけに幸せそうに見える。急いでいるわけでもないのに、早足で通り越す。

なんとなく道路を曲がったところで、メニューを描いた黒板を出している店の前に出た。ハンバーグの文字。ここだ、と決める。

店名が「肉バルＢｏｎ」というものであることを確認しながら、中に入る。食欲をそそる肉の匂いが漂っている。満席というわけではないが、席はおおむね埋まっていた。すぐに近づいてきてくれた店員らしき男性に、一人です、と伝える。

単に人数を口にしただけの自分の言葉に、一人だ、と思い知らされた気がした。さっき通り越した、顔も見ていないカップルの後ろ姿がちらつく。一人だ。わたしは。

「ではこちらにどうぞ」

案内されたのは二人がけのテーブル席で、わたしは片方の席に、持っていた茶色いバッグを置く。身体が軽くなる。

メニューをちらりと見ただけで、お水とおしぼりを持ってきてくれた、先ほどと同じ男性に、ハンバーグを、と言った。

「馬肉ハンバーグですね。他にはよろしいですか？」

馬肉という文字を読み落としていたが、問題はなかった。むしろ今食べたいのは、普通のハンバーグよりも、それなのだという気すらしてきた。

「はい、いいです」

言い切ってから、妙な注文だと思われているかもしれないなと思ったが、別に構わなかった。おそらくこの店に来るのは最初で最後だろうと思う。たとえどんなにおいしかったとしても、ここに再びやって来るというのは想像しにくい。下北沢自体も、ずいぶん久しぶりだ。

バッグからスマートフォンを出した。誰からも何も連絡は入っていない。

通話履歴から、前田さんの名前を選んだ。つながったなら外に出て話そうと決めて、通話ボタンを押す。呼び出し音がしばらく鳴るが、やはりつながらない。予想していたにもかかわらず、裏切られたような気になる。

わたしに対してそうするように、前田さんが見知らぬ女性に対して、レストランで向かい合い、談笑しながらワインを飲んでいるところを想像してみる。想像の中の見知らぬ女性は、わたしよりずっと美しく、わたしよりずっと聡明だ。

いくらでも想像は続けられる。彼の部屋で二人が過ごすところまで。考えれば考えるほど、今電話に出ない彼が、実際にその状況にあるのではないかと錯覚してしまうが、生まれるのは嫉妬心というよりも、納得の気持ちに近い。

今まで彼が一緒にいてくれたことのほうが、幻だったのかもしれない。自分の給料ではとても行くことのできないレストランで食事をとっていた自分よりも、一人ぼっちで足を痛めながら下北沢を歩いている自分のほうが、よっぽどリアルだ。

「こちら、馬肉ハンバーグです、どうぞ」

赤いお皿にのった、ソースがたっぷりとかけられて、マッシュポテトなども添えられているハンバーグが目の前に置かれる。厚みがあり、どこか球体のようにも見えるそれに、思いきりフォークを刺した。一口大よりもかなり大きめになってしまったハンバーグのかけらを、口に運ぶ。

おいしい。

わたしはこれが食べたかったのだ、ということと、食べたいものを自分一人で選ぶことができるのだ、ということを、同時に思った。まだ最初の一口だというのに、あっというまに食べ終えてしまいそうな予感がした。スマートフォンは鳴らない。

騒がしい街を歩いた　一人でも大丈夫だと確かめたくて

品川区

「もうこういうふうに会うことは難しくなるかもしれない」

今さっきの前田さんの言葉に、わたしは驚かなかった。予感していた。この店にやってきて、浮かない彼の表情を見たときから。いや、もっとずっと前から。

わたしといるときの、しょっちゅうスマートフォンを気にするようなしぐさ。相次いでいた中座やドタキャン。心ここにあらずといった態度。状況証拠ならもう、揃いすぎといえるくらい揃っていた。見ないふりを続けていたというだけで。

わたしは何も答えられない。質問も反論もできずに、食後のハーブティーを飲んでいる。胃袋におさまっている、夢のような食事たちを思いながら。

北品川にある「カンテサンス」は、前田さんと知り合う前のわたしでも知っているくらい、有名なフレンチレストランだ。ミシュランで三つ星を取りつづけていることでも評判になっている。ずっと憧れていて、今日、生まれて初めて訪れることができた。前田さんは数回来たことがあるというこのお店を、彼はあえて、別れの場所として選択したのだろうか。

有名店だけあって、土曜日のランチ時は満席だ。おそらく平日の夜であってもそうなのだろう。テーブル一つずつの間隔が広くとられているため、他のお客さんの目や会話が気になるということはないはずだが、別れ話を切り出されている惨めな女だと、周囲に思われてしまうのだろうか、という無駄な心配がよぎる。

毎回変わるメニューの中で、ヤギのミルクのババロアは、定番だそうだ。季節によって風味が変わるんですよ、と料理を運んでくれた男性が説明していた。ぜひ季節ごとの味わいを楽しんでいただければ、と言っていたが、わたしは最後の訪問になってしまうかもしれない。

あおさのりと花山椒が使われているというソースが添えられた真鯛、300℃のオーブンで1分加熱するという工程を30回ほど繰り返したというイモ豚のロースト、能登の海水が表面にスプレーされているメレンゲのアイス。どれも他では絶対に食することのできないような、特別な料理たち。永遠に記憶することができたならいいのに、と思いながら、そうできない悔しさを抱えて食べていた。

憶えていたい。けれどきっと、いつか忘れてしまう。

今日に限ったことではないのだ。前田さんと、いろいろなレストランに行った。たいていは知らなかったお店で、自分では作ることのできない、幻めいた料理をたくさん食べた。どれも本当においしかった。

そして料理だけじゃない。交わした会話。重ねた時間。わたしより少し高めの体温。今憶えているものたちも、やがて過去になっていき、なかったかのようになってしまうのだろう。鉛筆で書いた文字が、時間の経過によって薄れるのと同じ。わたしにとっては特別な時間だったけれど、彼にとっては、いくつもある暇つぶしの一つにすぎなかったのかもしれない。

「ごめん、いきなり」

ずっと黙っているわたしに対して、前田さんは言った。いきなりであることを謝ってほしいわけではなかったし、謝られてもどうにもならないのはわかっている。むしろ、一緒にいられたことが、魔法だったのかもしれない。

彼といるとき、よくバブルに思いを馳せた。社会現象としてのバブルもそうだし、字義通り、泡だ、と思っていた。高級なレストランで過ごす、豪華で贅沢な時間。わたしの知らなかった世界。泡はいつか弾けるのだと、覚悟していたつもりだった。それでもやっぱり、こうしていざ言葉にされてしまうと、わたしはうまく対処することができない。今までありがとう、とさらりと微笑んで席を立つようなわたしの姿を、もしかしたら彼は望んでいるのかもしれないが、全然できそうにない。

「どうして？」

わたしはついに言った。聞いたって仕方がないとわかっているのに、口からこぼれてしまった。

前田さんと見知らぬ女性がテーブルを挟んで微笑み合う姿が、一瞬脳裏をよぎる。他に付き合っている人がいるんだ。そんな言葉を聞きたいわけじゃないし、聞いたからってどうにかなるわけでもないのに、なぜ質問してしまったのだろう。下唇を噛む。入店前にトイレで直した落ち着いた赤の口紅は、食事のあいだにとっくに剝がれてしまっているだろう。

最初の乾杯のときに、グラスに少し口紅がついてしまったのを確認して、我ながらみっともないと思った。こんなふうに口紅をグラスにつける女は、このお店にも、前田さんにも似合わないのだと思った。ずっと、わかっていたことだった。わたしはあらゆることを見ないふりしていたのだ。そうすればやり過ごせるんじゃないかと、なんとかなるんじゃないかと、信じていたのだ。

前田さんはわたしの問いに対し、しばらく黙っていた。下を向いている彼の考えていることは、もちろんわからない。やがて、ゆっくりと顔を上げて、わたしたちの目が合った。

この人のことが好きだ、と目が合った瞬間に、わたしは思い、こんな状況でそんなふうに実感する自分の無力さが悲しかった。好きだからという気持ちだけで事態が変化するほど甘くないことくらい、さすがにわかっている年齢だ。

「恥ずかしい話なんだけど」

それだけを言うと、彼はまたわたしから目をそらし、今度はわたしの後ろを見るようにして、言葉を続けた。

「会社がダメになった」

「え？」

予想外の言葉に、わたしは思わず、相づちにも満たない、意味を持たない声を発してしまう。

「かなり前から、危機的状況ではあったんだ。一時期は持ち直したし、あらゆる手を尽くしたんだけど、さすがに無理だっていうことになった。完全に、俺の力不足」

言い終えた前田さんは、最後に、ははっ、と笑おうとしたのかもしれないけれど、笑いにはなっていなかった。ただ空気が漏れたような声が出ただけだった。前田さんの視線が、わたしの背後から、テーブルに移る。ハサンすることになると思う、と彼は言った。破産、という文字が、わたしの中で遅れて変換される。

「情けないな」

また少し笑うような、茶化すような言い方で前田さんは口にしたけれど、やっぱりうまくいっていなかった。そんなことないよ、とも言えず、わたしはただ、必死で状況を整理する。彼の住む南青山のマンション。あの部屋も引っ越すことになるのだろうか。いや、もう既に引っ越しているのかもしれない。わたしは彼の状態を、全然理解できていない。付き合った当初から、ずっと。

テーブルの上に置かれた彼の手に、自分の手を重ねたかったが、二人がけにはそぐわないほどの大きなテーブルだ。届くかどうか、わからなかった。わたしは自分の膝の上で、右手を握った。

つかの間の幸福を味わっていた　いつか覚めると知っていながら

運ばれてきた器の中身は、幼い頃からよく知っている、懐かしくて食欲をそそる、独特の香りを立てていた。

割り箸をゆっくり割ったのは、隣に座っている前田さんに先に食べてみてもらいたかったからだ。おいしい、と言ってもらいたかった。自分が作ったわけでもないし、初めて入った店だというのに。

「おいしい」

彼は言った。器の中身である、カレーうどんを一口食べて。

わたしは一気に嬉しくなる。そして自分もまた、カレーうどんを口に入れる。

「おいしい」

思わず声が出た。辛さもあるが、後味には柔らかさも含んでいる。癖とまろやかさのバランスが絶妙だ。ついまた箸を伸ばしてしまう。続けて数口食べて、水を飲んだところで、一息ついた。

「久しぶりだな、カレーうどん」

「わたしも」

前田さんの言葉に同意した。

「どうしてここだったの？」

前田さんに訊ねられる。何気ない質問のようだったが、行間にはあらゆる思いがこもっているのかもしれないとも感じられた。「ここ」というのが、今いるお店のことなのか、それともそもそもの場所のことなのか迷いながらも、前者について答える。

「中をふらふらしてたら、たまたま見つけたの。のれんがものすごく目を惹いて」

「ああ、入口の。確かに」

入口の黒いのれんには、大きく「か」と白い文字で書かれている。近づくとさらに「カレーうどん」と書いてあるのも読めるのだが、何の店なのか確認したくなる、うまい仕掛けだ。のれんもそうだし、壁にも黒が使われていて、スタイリッシュな見た目から、確認するまでは、カレーうどんの店だとは思わなかった。

わたしは再び食べはじめたのだが、前田さんはまたも疑問を口にした。

「というか、なんで空港？」

わたしたちがいる「ｃｕｄ」（これも『ｃｕ』ｒｒｙ『ｕｄ』ｏｎ」をあらわした名前であることは、入店後にメニューを見て知った）は、羽田空港第一旅客ターミナルの二階にある店だ。羽田空港の第一ターミナルで会おうというのは、わたしからの提案だったが、店は決めていなかった。待ち合わせよりもだいぶ早めに来て、中を歩き回って見つけ、連絡したのだった。第一ターミナルという選択も、特に意味はなく、第二ターミナルでも、国際線ターミナルでもよかった。羽田空港で会うことを提案した際に、前田さんから「ターミナルはどれ？」と返信をもらい、とっさに知っているものを挙げたのだ。

「前に会ったときから、わたし、ずっと考えてたの」

水を飲みこんでから、わたしは話す。前田さんの問いに対する直接的な答えにはなっていないのだが、彼は黙って聞いている。隣にいるので、表情を確認することはできないが、おそらく真剣なまなざしになって。

「出会ったときから、いろんなレストランに連れていってもらったり、たくさんプレゼントをもらったり、すごく素敵な時間を過ごしてきて、本当に楽しかった」

彼は何も言わない。箸も止まっている。あたたかいうちに食べなくては、と思い、わたしは少し早口になる。そんなことを思う自分の空腹さが、間抜けでもあった。

「もう会えないって言われて、ショックだったけど、仕方ないのかなとも思った。むしろ一緒にいられた時間のほうが、奇跡だったのかもしれないって」

　贅沢な料理を味わうたび、自分では頼めないようなワインを口にするたび、わたしは思っていた。きっとこの夢はいつか覚めるだろうと。そう言い聞かせることで、非日常とも呼べるような時間に溺れてしまわないように気をつけていたのかもしれない。夢に慣れてしまったら、現実には戻れなくなる。

「きっとある日突然ふられるんだろうな、といつも思ってた。前田さんに他に好きな人ができるって」

「そんなわけないよ」

「ううん、思ってた。前田さんは知り合いも多いし、会う予定がキャンセルになったりするのも、もしかしたら他の女の人と会うことになったのかなって」

「違うよ、会社の」

「今はわかってるよ。でも正直、そんなに大変な状況にあるなんて、思いもしていなかった」

彼の経営する会社は、今はもう事実上、機能していないのだという。会社をたたむのにも多くの手続きが必要で、簡単になくすことはできないのだと、数ヶ月前に会ったときには話していた。今はまた状況が変化しているのかもしれないが、まだ確かめていない。

久しぶりに連絡をしたときに、返事は来ないかもしれないと思っていた。けれどすぐに来たし、待ち合わせに指定した空港にも現れた。前より少しだけ痩せたようにも見えたが、身につけているシャツやジャケットは、相変わらず高価そうなものに感じられた。

わたしを見つけて、わずかに笑ってくれた彼を見た瞬間に、わたしは思ったのだ。

「きっとまだまだ大変なんだろうし、さらに忙しくなっているのかもしれないけど、わたし、前田さんといたい」

思ったことを言葉にすると、こんなにも短い。彼の返事はさらに短く、えっ、というものだった。驚きがこもっていた。構わずにわたしは続けた。

「今日はわたしがおごりたい。今まで前田さんが連れていってくれたようなお店にはなかなか行けないかもしれないけど、安くてもおいしいお店は、他にもいっぱいあるし、わたしがごはん作ったりしたっていいし」

「ちょっと待って」

彼は言い、わたしは従い、言葉を止める。

「それ、本気？」

向けられた質問の答えは迷わなかった。

「うん、本気」

少し黙ったあと彼は、泣きそう、と言った。けれどその声はむしろ笑っていた。

わたしたちは無言になり、それぞれ目の前のカレーうどんを食べる。一口ごとに、おいしい、と思う。隣の前田さんも同じことを思っているような気がした。

メニューの説明部分に書かれていたように、添えられていたごはんを投入したり、小さなお椀に入っただしで割ったりして、おおかたをお腹におさめた頃に、前田さんはわたしに言った。

「それで、どうして空港だったの？」

答えていなかったことをわたしは思い出し、慌てて言う。

「また新たな出発ってイメージでしょう、空港って。それに、もし前田さんがわたしのことがいやだったら、そのままどこかに旅立ってくれてもいいし」

「俺、どこに行くの？」

前田さんは笑った。少し大きめの声で。はっきりとした返事はもらえていないけれど、きっと一緒にいられる気がした。

今すぐに離してしまうこともできるその手を強く強く握った

北区

「やっぱりチラシで選んでも、なかなか当たるもんじゃないな。あ、すみませーん、ビールお代わり」

「はーい」

カウンターの中で動き回る、おばさんよりもおばあさんに近いと思われる年齢の女性が、他のテーブルの客が注文した何かを盛り付ける手の動きを止めることなく返事をする。

わたしたちが今テーブルを挟んで向かい合っている、王子にある居酒屋「みその」は、彼女が一人で切り盛りしているお店だ。確認したわけじゃないけど、他の店員さんを見かけたことがない。

「セリフ回しがどこも不自然すぎたし、伏線めいたものも回収されなくて、意味ありげな要素をちりばめてるだけって感じだったよな。演じてるほうもストレスだよね、あれじゃあ」

児玉《こだま》の言葉には勢いがある。ビールを数杯飲んではいるものの、実のところ、アルコールなんて関係ないのだと知っている。児玉は何かをけなすとき、何かをほめるときよりも、ずっと饒舌《じょうぜつ》になる。だけど表情は少し歪んでいる。口元のあたりが特にひどい。おそらく本人は気づいていない。

「まだ若い人なのかな、脚本」

「知らない。スマホで調べればわかるのかもしれないけど、別にもう見ることもないだろうし、いいかな」

「まあねえ。あ、でも、あの女の子は可愛かったよね。妹役の」

「ああ、まあ、あの中だと舞台映えしてたよな。声も響いてる感じだったし」

わたしだって、さっきまで、花まる学習会王子小劇場で観ていた演劇をおもしろいとは感じていない。むしろ逆で、とてもつまらなかった。それなのになぜ、舞台を擁護するような真似をしてしまうんだろうと思い、すぐに気づく。児玉の歪んだ口元を見たくないし、そんな表情をしてほしくないのだ。

「久しぶりにナカゴー見たいなあ。最近やってるのかな」

テーブルの上に置いていたスマホを取ると、児玉はそれを操作しはじめる。ナカゴーについて調べているのだろう。ナカゴーは児玉の好きな劇団だ。わたしも好きなのだけど、誰かが誤解されるくだりや、誰かが責められるくだりに、過剰さがあって苦しくなるときがあるので、おそらく児玉ほどはハマっていない。それでも誘われれば付いていく。でもそれはナカゴーに限った話じゃない。舞台、映画、安居酒屋。わたしは彼の誘いに頷きつづけている。別にいいけど、という感じで振る舞いながらも、歓喜で、見えない尻尾をぶんぶん振っている。

滝行とか、縁もゆかりもない保育園児のお遊戯会とか、ルールをまるで知らないスポーツ観戦とかに誘われても、わたしは、いいよ、と返すんだろうなと思う。

「はい、ビールね」

「どうもー」

スマホ画面から一瞬顔をあげて、児玉は言う。そして運ばれてきたばかりのビールを口にする。さらに言う。

「餃子、もういいの？」

お皿には餃子が一つだけ残っている。「みその」に来たときは、何はなくとも、餃子と納豆オムレツを頼むというのは、何度か通う中で生まれた、わたしたちの暗黙のルールだ。

「うん、いいよ。食べちゃって」

まだ満腹というわけではないし、なんならわたしも食べたいと思っていたが、わざわざ訊ねてくるのは、児玉自身が食べたいからだろう。

一緒にいるのが会社の同僚や女友だちであったなら、追加注文をするのだが、わたしは勝手に、注文の主導権を児玉にゆだねている。手元にある梅酒のソーダ割も、いつもよりずっと、飲む速度をゆるめているので、まだ二杯目のドリンクだ。

舞台、映画、美術館、チェーン系居酒屋、ファストフード、カフェ。わたしたちは行く先々で、サービスに応じた金額を支払うが、そのどれもがワリカンだ。十円単位まできっちりと。何度かおごろうとして、実行もしたのだが、あからさまな不機嫌さを浮かべられた上、児玉は自分の稼ぎのなさを自嘲気味に話した。でもそれは自嘲ではなく、わたしに対する攻撃だと思った。いや、わたしだけではなく、実体のない存在、たとえば社会全体とか、そういうものに対しての。

わたしだって大して稼いでいるわけではない。フルタイムで正社員として働いてはいるが、勤務先の繊維会社は、業績が伸び悩んでいるし、今後伸びていきそうな気配もない。入社時にはボーナスもあるからと説明されていたが、月給の他は、冬に一度、お年玉程度の金額がもらえるくらいだ。月給から、家賃、光熱費、スマホ、食費など、東京で過ごしていくのに必要な金額を取り除いていったら、残るのはほんの少し。貯金だって全然ない。

それでも児玉のほうがもっとお金がないとわかっている。何しろ児玉は働いていない。彼の毎日の行動を把握しているわけじゃないけど、たまにこうして会って話す内容を総合していくとわかる。思い出したかのように、治験とか、商品モニターとか、イベント誘導とか、その時々だけで終わるアルバイトをやっている。普通に継続的なアルバイトをそれとなく勧めたこともあったのだが、「馴れ合いは性に合わない」のだそうだ。

わたしとたまにこうして会うのは、馴れ合いじゃないのかとも思うが、下手に何か訊ねて、じゃあもう会わないようにする、と言われるのがわたしは怖い。

「もっと、作者と主人公を同一視させるかのような作品を書いてみるべきなのかな」

「え？」

さっき見た舞台の話に戻ったのかと思ったが、児玉の声のトーンと表情で、そうではないと気づいた。自分の小説の話だ。

わたしたちは同じ大学の、創作文芸コースというところで知り合って、なんとなく仲良くするようになった。学生時代、児玉は少しだけ有名人だった。ある雑誌が主催していたショートショートの賞を、高校生のときに受賞していたからだ。そのときはその雑誌のみならず、ラジオやテレビにも少しだけ出演したらしい。わたしは高校生の児玉の姿が掲載されている新聞を、図書館で探して読んだことがある。

あのとき本を出せばよかったのかもしれないけど、軽はずみに消費されていくのが怖かったんだ、と児玉はかつて言っていた。わたしにはわからない感情だったけど、きっと児玉が言うなら、それが正しいのだろうと思った。今はもう、正しいかどうかわからない。ただ、児玉は本を一冊も出版しないままで、今年二十九歳になる。

大学時代は「とりあえず大学にいるうちは」と言い、大学を卒業してからは「とりあえず二十五歳までは」と言っていた。文学賞への小説の応募のことだ。二十五歳になってからは、児玉はもう、ボーダーラインについては話さなくなった。

「そういうのを書きたいの？」

わたしは、返事を待っている様子の児玉に訊ね返した。児玉を見て、前髪が長いな、と思う。少しはねている髪は、おしゃれではなく、単に怠惰だろう。眼鏡にフレームがないのは、大学時代からずっと変わらないこだわり。眼鏡の中には、笑ったり困ったりすると一気に細くなる、少しつり上がった目。上下ともに薄い唇。全体的にぼんやりとした印象を与える顔立ち。

「作者側の書きたいという願望が、必ずしも、読者側の需要と一致するわけではないからな」

質問の答えにはなっていない、とわたしは思う。溶けた氷で、梅酒ソーダ割は梅酒よりも水に近い味がする。

児玉といると、離れている距離の分だけ遅れて届くという、星の光について思う。わたしたちが見ている光は、もう既に消滅している星のものなのかもしれない。わたしが児玉を好きだと思うのも、それに近い気がするのだ。

「書きたいものを書くべきだと思うよ」

わたしは言う。児玉はきっと、そう言ってほしいのだろうと思うから。

ぼんやりとあなたを見てた　はっきりと見るより好きでいられるように

激しい、攻撃的にも感じられるほどの日射しから逃げるようにしてやってきた、入口に色とりどりの花が飾られた、このカフェの名前は「むぎわらい」と言うらしい。

店内は満席に近い状態で、お客さんはいずれも女性ばかりだ。そのせいか、向かいに座る児玉は、どこか落ち着かない様子を見せている。

いや、違うのかもしれない。このお店が男性客で満ちていたって、児玉はきっと落ち着かない。彼が落ち着くのは、劇場や映画館で、場内が暗くなったとき。あるいは少し早口で何かを批判しているときくらい。そしてわたしは、後者をなるべくなら見たくないと思っている。

わたしが頼んだオーガニックアイスティーも、児玉が頼んだアイスコーヒーも、すぐにやってきた。口に含むと、スッキリとした飲み口で、喉の渇きが満たされていく。

おいしい、と言うと、児玉も頷いた。

児玉はストローから口を離すと、店内を軽く見回した。いくつか絵が飾られている。

どれもイラストという感じで、暖色が多く使われていることもあり、あたたかい印象を受ける。児玉の視線は再びアイスコーヒーに戻るが、飲みはせずに、何かを考えている様子だ。

おそらく小説のことを考えているのだろうとわかったので、あえてこちらからは話しかけない。

三ノ輪に行かないか、と誘いをもらったのは二日前だ。聞き慣れない地名だった。おそらく初めての訪問。目的を訊ねる文面を打ち込んだが、書いていないということは、会って説明したいのだろうと思い、ＯＫとだけ返事した。

予想は当たっていて、三ノ輪駅で合流した児玉は、今日の目的についていきなり話しはじめた。ここには「ジョイフル三ノ輪」という昔ながらの商店街があり、近くには都電も走っていて雰囲気もよく、次回作の取材として訪問したのだという。次に書くのは商店街の話なのかとわたしが訊ねると、児玉は自信ありげに頷いた。

次回作というのは、前回のある人が使う言葉のはずで、児玉がどれを指しているのかわからない。まさか十年以上前に受賞したショートショートの原稿を指しているわけではないのだろうが、その可能性も捨てきれない。

商店街に向かって歩きながら、さらには商店街に入って立ち並ぶお店の間を歩きながらも、児玉は話しつづけた。主人公のキャラクターについて。ストーリー展開について。今度は珍しく「エンターテインメント性を重視した」作品にするつもりだと言う。

しかし、商店街の半分を過ぎたあたりで、児玉はいきなり足を止めた。

「どうしたの」

こんなところで立ち止まっては邪魔ではないかと、周囲を行き交う人を気にしつつ、わたしは訊ねた。

「少し現代的に洗練されすぎているかもしれない」

「ここが？」

わたしの問いに、児玉は頷いた。確かに綺麗なお店も多いが、古くから営業している様子のお店も少なくない。それを言うと、児玉は、僕のイメージの中では高度成長期とバブルのはざまである七〇年代後半から八〇年代前半の風景を切り取りたいと思っていたんだけど、と言う。児玉は自分のことを僕と言うときも俺と言うときもある。自信のないときは前者だ。

だったら実際の商店街じゃなく図書館にでも行ったほうがいい、と思ったが、せっかくここまで来たんだからとりあえず見て回ろうよ、と言った。誘われた側であるわたしが先導するのはなんだか納得いかなかったが、乗りかかった船なので仕方ない。今日に始まったことではなく、児玉という存在そのものに対してそう思った。

「きく」という名のお惣菜屋さんでは短い行列ができていて、どうやら、店頭で揚げている紅しょうが天が名物のようだった。列の後ろに並んで、二つ購入し、一つずつ分けた。衣自体にも味がついているのか、塩気がしっかりとあって、初めて食べたにもかかわらず懐かしい味がした。自分がここで学生時代を送っていたなら、きっと毎日のように買い食いしたに違いなかった。

キッチンペーパーに包んでもらった紅しょうが天をかじりながら、同じ道を戻ってお店を眺めたが、児玉の表情は浮かないままだった。気づかないふりをして、野菜が安いねー、とか、お菓子も売ってるよ、とか、大げさなリアクションをしていたが、じきに面倒になってきた。商店街を抜けて、都電沿いを散歩している頃には、日射しと温度と歩行のせいで、にじんでいく汗でキャミソールが背中にところどころはりついているのを感じた。ようやく見つけたのが、ここ「むぎわらい」だ。

しばらく黙っていた児玉は、もう一度アイスコーヒーを飲むと、わたしのほうは見ないままで口を開いた。

「今は書く時期じゃないのかもしれないな」

わたしが答えに詰まっていると、なおも言う。

「アイディア自体は悪くないと自負しているけれど、イメージがまだ完全に結びつかない。場所が合わなかったのかもしれないけど、タイミングのような気もする。すぐにアウトプットして書くんじゃなく、あたためる時期が必要なのかもしれない。鳥が卵を孵化《ふか》させるときみたいに」

誰かに何かを説明するかのような言い方だった。

「そっか」

わたしは言った。他に言うことなんて思いつかない。

さっき、商店街でいきなり立ち止まった児玉の姿を思い出す。

もしかすると児玉は、小説を書くきっかけではなくて、小説を書かない理由を探しに、ここまでやってきたのかもしれないと思う。彼の理想どおりの商店街なんて、ここだけじゃなくて、どこにもない。なければ作り出すしかないのに。

わたしは視線を落とし、自分の足元を見る。サンダルから覗くつま先には、ラメの入ったピンクのペディキュアが塗られている。昨日の夜、お風呂あがりに塗ったものだ。はみ出した部分は丁寧にティッシュや綿棒を使って、除光液でふき取った。児玉がわたしのつま先に気づいて、可愛いと言うことなんてないのに。おそらく彼は、帰宅したなら、わたしの服装すら思い出さない。思い出せない。

つまらないことを言う代わりに、アイスティーを飲む。不毛な時間に、それでも一緒にいられる喜びを感じている自分は、なんて間抜けなのだろうと思う。

書きあがらない小説も叶わない恋も日射しに溶ければいいのに

　お酒が好きだと話していただけあって、菅原《すがわら》さんは、このお店の名物らしい、焼酎をほうじ茶で割った「ほうじ茶割」を早いペースで飲んでいく。わたしも同じものをもらっているのだが、焼酎の割合が多めなこともあり、いささかゆっくりになってしまう。一軒目でも既にレモンサワーを何杯も飲んでいる。

　一軒目でお刺身やらポテトサラダやらハムカツやら、目についたメニューをかたっぱしから頼んで食べたので、お腹はいっぱいだ。それでも目の前にある大鍋の中に大量に入っている煮込みは気になる。菅原さんも同じだったようで、すみません、煮込み何本か、とお願いした。L字になったカウンターの中にいる、店主らしき男性は、はいよー、と威勢よく応じてくれる。

　平日の夜だというのに、カウンターも奥の小上がりも人でいっぱいだ。店内にいる中では、わたしたちが一番若く見える。さらに言うと、女性はわたしだけだ。みんな常連のようで、カウンターにいるお客さんも、小上がりにいるお客さんも、店主らしき男性と、談笑している。話題は九州のことらしい。

わたしたちも会話にすっと混ざれそうな、アットホームな雰囲気だが、店内の様子を眺めていた菅原さんは、入れてラッキーだったね、と言った。お店の人たちとの会話に混ざったのではなく、わたしにだけ向けられた言葉だった。

「うん、ほんと。人気なんですね」

「そうそう。ここも一度来てみたかったから、よかった」

一軒目を出たのは、わりと早い時間だった。だらだらと長居するのではなく、さっと飲んで食べて帰る、というのが、どうやら店の、あるいは北千住という街のルールのように感じられた。一年半も住んでいながら、一軒目のお店も、今入った「藤や」というこのお店も、わたしはまったく知らなかった。どちらも菅原さんの案内で来たものだ。

「お店、ほんとに詳しいんですね」

「安いところばっかりだけどね。酒飲みたいだけだから」

菅原さんは笑った。横顔、頬の部分が、少し赤らんでいるように見えるが、さほど酔っている様子はない。

菅原さんは、友だちの友だちで、先月飲み会で知り合ったばかりだ。わたしが北千住に住んでいると言うと、え、じゃあ、あそこ行ったことある？　と、お店の名前をいくつかあげてきた。どれもなかったので、正直に伝えると、じゃあ今度行こうよ、と誘ってくれた。てっきり友だち数名も一緒かと思いきや、日にちを決めるためにやりとりしているうちに、どうやら二人きりらしいと知った。

男の人と二人きりで飲むなんて、児玉を除けばずいぶん久しぶりだ。もっとも、児玉ともこの数ヶ月会っていない。連絡が来ないからだ。小説執筆がうまくいっているのか、反対にうまくいっていないのか。わたしにはわからないけれど、こっちから訊ねたりはしない。ただ向こうの連絡を待つだけ。いつだって。

「はい、串煮込み。牛すじ、フワ、ハチノスね。卵も食べる？」

「お願いします」

「はーい、じゃあ卵一個追加ね」

男性が大鍋の中から、串に刺さった卵を、別の小皿に盛ってくれる。煮汁によって茶色く色づいた卵は、満腹であっても、食欲をそそられる。

並んでいる三本の串のうち、手前にあったハチノスの一つを、箸を使って串から外し、口に運んだ。弾力のある食感で、嚙み心地がいい。嚙むたびに、煮汁の味が口の中に広がる。おいしい、とわたしは言った。

「うん、うまい」

同じくハチノスを口にしながら、菅原さんも満足げに頷く。

「由貴《ゆき》ちゃん、お酒結構飲むんだね」

「いや、ほどほどですよ」

就職してからというもの、下の名前で呼ばれる機会はぐっと減ったので、菅原さんにそう呼ばれるのは新鮮だった。出会って十年ほど経つというのに、いまだに互いの苗字で呼び合っている児玉のことを、また思い出してしまう。

何をしていても、児玉を思い出す自分に、ウンザリしている。たとえばさっきのお店でのお会計時に、菅原さんがおごってくれたとき、わたしは感謝よりも先に、ものすごく驚いてしまった。え、いいんですか、と。いや安いし、俺が誘ったし、と小さく笑っていた菅原さんは内心、わたしの驚きっぷりにひいていたかもしれない。

児玉といるとき、会計はいつも十円単位までワリカンだ。

「いつもどのへんで飲んでるの？」

質問されて、わたしは、自分がまた児玉のことを思い出していたのに気づく。

「んー、そんなに飲みに行かないかもしれないです。会社の子と飲むときは、会社近辺でさくっとって感じで。最近は学生時代の友だちと集まったりっていうのも減ってきちゃったし。こないだの飲み会も久しぶりでした」

「ああ、まあ、集まりとか減るよね。今いくつなんだっけ?」

「二十八です。菅原さんは?」

「ちょうど三十。もう周りが結婚ラッシュですごいよ。今年、何回披露宴行ったっけなー。ご祝儀破産しそうだよ」

「ご祝儀、結構かかりますもんねえ」

今年出席した披露宴を思い出す。一つは大学時代の友人のもので、そこには児玉は出席しなかった。児玉の噂も一瞬出たが、わたしは何も言わなかった。誰よりも強く期待されながら、まだ何にもなれていない児玉。もはや周囲は、かつて期待していたことすら忘れかけてしまっている。

お客さんの一人がダジャレを言い、何人かが笑ったタイミングで、ぽつりと菅原さんは言った。

「今日、来てくれてありがとう」

「いや、こちらこそですよ。住んでるのに、全然知らなかったです。おいしかった」

「ならよかったけど」

菅原さんはグラスに残っていた液体を飲み干すと、ほうじ茶割お代わり、と男性に伝えた。はいっ、という軽快な返事。

「他にも気になっている店あるから、由貴ちゃん行けそうなときに行こうよ」

「はい。行きましょう」

わたしは答えた。飲むのはけして嫌いじゃないし、新しいお店を知れるのは嬉しい。特にこういう昔ながらの飲み屋は、一人だと入りにくいので、むしろありがたいくらいだ。

ほうじ茶割を受け取った菅原さんが、男性に、ありがとうございます、と言い、今度はわたしのほうを一瞬だけ向いて訊ねてきた。

「由貴ちゃんって、付き合ってる人はいるの?」

また前を向いた菅原さんに、いないですよ、と即答する。

以前付き合っていた彼氏と別れたのがいつなのか、記憶をたどりかけて、それが二年前なのか三年前なのかわからなくなっていることに気づく。別れるきっかけとなった、大喧嘩の原因すら思い出せない。自分は薄情だと思った。児玉とのやりとりなら、些細なことまで憶えていたりするのに。

彼と付き合っている間も、児玉とは会っていた。呼び出しさえあれば、喜んで行っていた。児玉との間に何かがあったことはないけれど、精神的なつながりは、肉体的なつながりよりも、ずっと面倒でいやらしいものなのかもしれない。

卵を半分に割り、一口大にしたものを口に運ぶ。固茹でになった黄身部分まで煮汁がしみている。

児玉のことを好きなのは自覚しているが、好きな理由はさっぱりわからない。嫌いになっても構わない理由ばかり思いつく。それこそが恋ということなのかもしれないけれど、結局どうかしているのだろうな、と自分でも呆れてしまう。

「意外だなー。可愛いのに」

「可愛くないですよ」

また即答してしまい、こういうところも可愛くないところだろうな、と自覚する。

「可愛いよ。俺は付き合いたいけど」

「え？」

　わたしは箸を置いた。横目で窺う菅原さんの表情は、さっきまでと全然変わらなくて、それが冗談なのか社交辞令なのか本気の言葉なのか、わたしには判断できない。

　どんな顔すればいいのか　酔っているせいにするにはまだ足りなくて

板橋区

目覚めてから、ケーキのことばかり考えていた。

もっと前かもしれない。昨夜の居酒屋からの帰り道でも、甘いもの食べたいなあ、と思っていた。コンビニでアイスを買い、そのまま帰宅して食べたのだが、その最中にも、おいしいけどこれじゃないんだよなあ、と、うっすらとした違和感を抱いていたから。

お酒を多く飲んだ日は、眠りが浅いのかもしれない。真夜中なのか明け方なのかわからない時間にも目を覚ました記憶がある。トイレで用を足し、しばらくしてから再び眠りについたが、いつもの出勤時刻より早く目覚めてしまった。今日は土曜日で、会社は休みだというのに。

かといって起き上がる理由も元気もなくて、特に目的もなくスマートフォンを操作していた。当たり前かもしれないけれど、数時間前に別れた菅原さんからの連絡は来ていなかった。

一人で何かおいしいものを食べに行こう、と考えて、すぐにケーキが思い浮かんだ。一度思い浮かべると、食べたくて仕方なくなった。頭の中が、あらゆる種類のケーキで埋めつくされていき、他のことを考えられなくなった。

小竹向原という、あまり馴染みのない駅から歩いて五分ほどの、静かな住宅街の中に「クリオロ　東京本店」はある。白っぽい壁に、店名のロゴ。移転オープンしたのはほんの数年前らしい。どうりで綺麗なはずだ。店の前にはプランターがあって、名前はわからないが、どの植物も緑の葉を生き生きと茂らせている。

人気店なので、入れなかったらどうしようと心配していたが、開店直後だったので、さすがに杞憂だった。それに店内は広々としていて、かなりの座席数があり、明るい色の木製のテーブルと椅子が、いくつも並べられている。

ショーケースの中で、飾りのように置かれたケーキたちを見たときに、声をあげそうになった。フルーツやクリームによって彩られた、たくさんのケーキ。おいしそうというよりも、美しいという感情が先立つ。

それでもやはり、食べたい気持ちに変わりはない。ケーキに添えられた短い商品説明を読むと、どれもより魅力的に感じられる。できることなら端から端までを一つずつ味わいたいけれど、自分の経済能力的にも、胃袋のキャパシティ的にも、それは不可能だ。ショーケースの前を何度も行き来して、ようやく二つに絞り込んだ。

ジャックと、オレンジのブランマンジェ。

店員の女性にオーダーしながらも、他の商品も気になって仕方ない欲望をぐっと抑える。店内で食べることを伝え、席に運んでもらうようお願いする。

既に座っている二人組の女性と、テーブル二つを挟み、席についた。女性たちはお互いのケーキを交換して、おいしい、と歓喜の声をあげている。その様子を見ながら、二人で来るといろんな種類が食べられるからいいなあ、という率直な感想を抱いた。

児玉と来たのなら、と考えてみるが、児玉は甘いものを特には好まない。ケーキ店に行こうという誘いに、イエスノーの前に、なんで？という問いを返してくるに違いない。そしてわたしは、理由を問われると答えられなくなってしまうことばかりだ。

好きだからだよ。

最初に思い浮かんだシンプルな理由は、口にできない。いつだって。

「お待たせしました。ジャックと、オレンジのブランマンジェです。こちらは、ドリンクのコーヒーです」

お皿やカップを丁寧に置いてくれる店員の女性に軽く頭を下げ、わたしは自分が選んだケーキを目の前にして、心が浮き立つのを感じる。ココナッツとサワークリームが使われているという白いブランマンジェの上に、果肉がたっぷりと使われたオレンジのポーレが二層となっている。オレンジのブランマンジェも充分に美しいけれど、つやつやとしたジャックに、より惹かれている。

キャラメル味のムースやガナッシュで構成され、周囲にはアーモンドもちりばめられているジャックは、コンクールで賞をとったケーキでもあるらしい。すべて商品説明によって知ったことだが、食べる前から納得してしまう。

添えられたスプーンを、柔らかいムース部分に入れる。一口分をのせ、口に運ぶ。

……おいしい。甘さは上品で、けして出しゃばらない。

飲みこんでからも、口の中に残る香りや甘さを味わう。まだ一口しか食べていないというのに、ここまで来てよかったと思えるだけの味だった。

以前、このお店が「エコール・クリオロ」という名前で、異なる場所にあったときに、ケーキをもらって食べたことがあったのだ。誰にもらったのだったか、何を食べたのだったかも忘れてしまったというのに、店名だけはうっすらと記憶していたようで、朝、スマホで都内のケーキ店情報を見ているうちに思い出すことができたのだ。おいしかったという記憶だけで、わざわざ本店であるここを訪ねてみたのだが、行動は正しかったと思えた。

コーヒーを飲んでから、またジャックに手を伸ばす。おいしい。食べながら、大丈夫、間違ってない、正しい、と思う自分がいた。言い聞かせていた。

児玉のことをまた思い、それから、菅原さんのことを思った。児玉に最後に会ったのはしばらく前で、菅原さんに会ったのは昨夜だというのに、児玉の存在のほうがずっと鮮烈に思い浮かべられるのは、どうしたわけなんだろう。

好きだからだよ、と、また同じ理由が胸をよぎる。

昨夜居酒屋で、菅原さんに、付き合えないという断りの返事をした。数ヶ月前に告白してくれた彼は、まあしばらくは友だちでいいよと言い、実際に、告白なんてなかったことのように気さくに飲みに誘ってくれて、時おり応じて出かける先でも、気楽な友だちとして接してくれた。かといって中途半端な関係を続けるのも失礼ではないかと思い、わたしのほうから切り出したのだ。

好きな人がいるんです、と言ったわたしに、やっぱりそうかー、と菅原さんは言った。やけに明るい口調で。心から納得した様子だった。そんな気がしました？　と訊ねると、うん、わかるよ、とあっさり答えた。

そんなにわかりやすいはずなのに、児玉には何一つ伝わっていないなんて、どういうことなのだろうか。

これからも飲み友だちとして、と菅原さんは言ってくれて、わたしも、はい、と答えたものの、それも気がひける。結局のところ、わたしは、友だちを一人失ってしまったのかもしれない。代わりに何かを得たわけでもなく。

もう半分以上食べ進めてしまったジャックを、また口に運ぶ。やっぱりおいしい。わたしは正しい選択をした。大丈夫。わたしは正しい。ショーケースの中の他のケーキたちに移ってしまいそうな視線を慌てて戻し、目の前のジャックをじっと見つめる。

目の前の必要なものを選び取る　これから先のことは知らない

さほど広くない二人がけ用のテーブルを挟み、向かい合ってカレーを食べている。児玉の表情はどこか浮かなくて、別に不機嫌というわけではなく、わたしが今日どんな話をするのかわからなくて、ただ困惑しているだけなのだと知っている。

西葛西駅から歩いてすぐ、建物の地下にある「アムダスラビー」のほうれん草チキンカレーは、辛みとまろやかさのバランスがちょうどよく、なかなかおいしい。いくつかのサイトで絶賛されているのを見て、この店を指定したのだけれど、間違っていなかったと思える。もっとも、マトンカレーを食べている児玉は、味なんてよくわかっていないかもしれない。平常に見せているつもりかもしれないが、周囲のお客さんを気にしてみたり、必要もなく足元に視線を動かしたりして、落ち着きがない。

わかりにくく見えて、わかりやすい人なのだ。もちろん、わたしがずっと気にしてきたからだという自覚もありつつ。

わたしはあえて、とりとめもない話を振る。インドカレーはやっぱりおいしいとか、実家で母親が作るカレーはジャガイモがたくさん入っていたけれど、自分で作るようになってからは入れないことが多いとか。児玉は、まさに生返事、という感じで、時おり、ああ、とか、んん、とか挟んでくるくらいだ。いつもなら児玉が話して、わたしが相づちを打つのがほとんどなのに。

いつもとはまるで違う。だって誘ったのはわたしのほうだ。平日がいい、休みを取るから、という半ば宣言めいた文言までつけて。話があるのだという文面を見たとき、児玉は最初に、何を連想しただろうか。

正午が近くなると、人気店らしく、周囲の席がさらに埋まっていく。わたしたちのお皿は、どちらもほぼ空に近い。わたしは言った。

「移動しよ」

「え？　だって」

「移動した先で話すね。駅に戻ろう」

だって話は、と続けたかったのであろう児玉の言葉をさえぎるようにして、わたしは言い切った。

もう迷いはない。迷いつづけてきたのだ、ずっと。

会計はわたしがまとめて払った。いや、と言い、自分の財布からお金を出そうとする児玉に対して、わたしが誘ったし、と繰り返した。児玉はまだ何か言いたそうだったが、今までわたしが同じ行動をとったときに見せたような、不機嫌さは浮かべなかった。どうせ無職みたいなもんだしな、といった自嘲的な言葉も、それと同時に現れる口元のあたりが歪むような表情にも触れずに済んだことに、少しだけ安心する。

　西葛西駅まで歩き、ちょっとだけ乗ろう、と言い、駅前のバス停に並んだ。すぐにやってきたバスの、葛西臨海公園行き、という表示を見た児玉が、水族館？　とつぶやく。ううん、別のところ、と言った。

「でも水族館行きたいなら、そっちも行く？」

「いや、行きたいってわけじゃないけど」

　マグロが回遊する大水槽が有名だ。行ったことはないが、今日の目的地について調べているときに、水族館の情報も目にしたので知っている。少し見たいけれど、もっと強く行きたい場所があるのだ。

　十五分ほどの乗車時間のあいだ、わたしたちはほとんど会話を交わさなかった。だいたい同じくらいの時間になるのだなあ、とわたしだけが頭の中で考え、これから話ことをシミュレーションしていた。

終点の、葛西臨海公園で降りた。絶対にいろいろと言いたいことがあるはずの児玉は、無言のまま、わたしについてくるようにして歩いた。

降りてすぐに案内板があったので、迷わずに目的地を目指せた。晴れていてよかった、と思う。天気についてはあまり深く考えていなかった。

「ダイヤと花の大観覧車」までたどり着いたとき、わたしは児玉を見て言った。

「乗ろう」

児玉は頷いた。児玉の顔を正面から見るのは、ずいぶん久しぶりのような気がした。さっきの「アムダスラビー」でも、不自然に思われない程度に様子を窺うくらいで、視線は合わないようにしていた。それは児玉にしても同じかもしれない。

わたしが二人分の乗車券を買った。児玉はもう、いや、と言わなかったし、財布を取り出そうともしなかった。

ドアが閉められ、二人きりの切り離された空間が、上空に向かって進んでいく。向かい合って座る。児玉はわたし側や左右ではなく、自分の背中側にある窓の外の景色を、振り向くようにして見ている。

「ごめんね、今日、突然で」

「いや、いいよ、別に。どうせ暇してたし」

かすかに混じる自嘲的な響きには、気づかないふりをする。

「小説、書けてるの？」

予想外の問いだったのか、児玉は少し黙ってから、まあまあ、と言った。きっとまあまあではないのだと思う。いつまでたっても完成しない、あるいは完成しても、自分で満足できる出来にはならないのであろう小説。

「わたし、大学時代、児玉に憧れてたんだ。高校生で受賞ってものすごいことだし、きっとこの人は、活躍する存在になっていくんだろうなあって確信してた」

児玉はわたしの顔を見た。困惑して、不安げな様子だった。これから怒られるのを予感する子どものような。

「だから正直、今の状態は、見ていて苦しかったりする」

「ごめん」

「別にわたしに謝ることじゃないけど。ただ、言い訳めいたことをたくさん言われたりするのは苦しいし、他のジャンルのものや、社会を批判するような言葉は、本当にそうなのかな、って思うことはある」

「言い訳っていうわけじゃ」

「違うのかもしれないけど、そう聞こえる部分もあった。でもそれは、違うつもりなら、ごめん」

「……いや、ごめん」

　児玉はもうわたしを見ていない。せっかくの観覧車だというのに、足元を見ている。児玉がしょっちゅう履いている黒いシンプルなサンダル。足の裏が当たっている部分が汚れてしまっているのを知っている。何度となく目にしてきたから。

　見覚えのある眼鏡、Tシャツ、ジーンズ。児玉をずっと見てきたし、ずっと考えてきた。どうしてこの人なのだろう。どうしてこの人がいいのだろう。思考はいつも同じ場所を巡るばかりだった。観覧車みたいに。

　観覧車ならいつか終わってしまう。「ダイヤと花の大観覧車」の乗車時間は十七分だと、インターネットで見た。わたしたちは終わらずにいるから、何度となく会ってきた。これからだって変わらずに会うことはできる。気が向いた児玉が誘ってくれさえすれば。一緒に演劇を見に行ったり、安い居酒屋で飲んだりできる。そこで、完成しない小説についての話を聞いたり、今許せないと感じているものについての悪口を聞いたりすることもできる。

けれど、もう終わらなきゃいけないのかもしれない。わたしたちは今年三十歳になる。児玉だってわたしだって、あきらめたほうがいいのだ。児玉は小説を、わたしは児玉を。

どんどん上がっていき、視界が変化しつづける。遠くにディズニーリゾートが見える。

「外、綺麗だよ」

わたしの言葉で、児玉の顔が上がる。

景色を見ている横顔に向かって、わたしは言った。

「好きだった、ずっと」

飛びこんだ　夢を叶えるのではなくきちんとあきらめていくために

葛飾区

記憶の中のお店よりも、ずいぶん広いように感じる。店内は縦に長く、いくつかあるテーブル席は、おおかた埋まっている。

それでも女性店員に、おひとり様でしたらカウンターにどうぞ、とてきぱきと案内され、やはりここだった、と確信する。厨房と向かい合うように配置された、いくつもの赤い丸椅子。以前もここに座ったのだ。あのときは一人じゃなかった。今日は一人だ。

午後四時。昼食とも夕食ともつかない中途半端な時間の食事だったが、定食メニューがいくつもあってありがたい。「マーボードーフ」と迷いつつも、「肉・なすみそ炒め」を注文した。

ここで何をしているのだろう。

電車に乗っているあいだも、頭を巡っていた問いが、運ばれてきた水を飲み、一息ついた瞬間にもまた巡りはじめる。答えなんてなかった。あったとしても、どうでもいい。

新小岩駅に以前来たのは、もう十年近く昔。当時、児玉が新小岩に住んでいたのだ。部屋には行かなかったが、なぜか近くの中華料理店で飲んだ。店名もすっかり忘れていたが、新小岩の中華料理店について調べているうち、「大三元」という店名がヒットし、ここだ、と確信した。麻雀はやらないけれど、麻雀の役の名前だったというのを記憶していたのは、会話の中で話題になったからだ。とはいえ児玉も麻雀はやらない。ただ知っていただけのはずだ。

あの頃のわたしは、児玉と時間をともにするあいだ、彼の言葉の一つ一つを拾い集めようとして必死だった。児玉はわたしよりもずっと高い場所にいて、ひたすらにそんな彼を見上げている気分だった。彼につまらないやつだと思われたくなかったし、少しでも理解者でありたかった。

今、わたしは児玉のことを、自分よりも高い場所にいるだなんてちっとも思えていなくて、けれどもっと悲しいのは、だからといって嫌いになっているわけでもないということだ。むしろ思いは強まっているかもしれない。

児玉から一昨日《おととい》届いたメッセージを確認するために、バッグからスマートフォンを出そうかと思ったが、とどまる。見たからといって何も変わらない。技術は進歩しつづけていて、十年近く昔には持っていなかったスマートフォンを誰もが手にしているけれど、メッセージが変化するような仕掛けは、まだ搭載されていない。

たくさんの時間が流れた。たくさんの言葉を交わした。もう戻らない月日の中で、わたしたちは進歩したんだろうか。退化したんだろうか。

「はい、どうぞー」

定食があっというまに運ばれてくる。ごはんやスープの他に、サラダらしきものが入ったお皿までついている。食べきれるだろうか、とちょっと心配になるほどのボリュームだ。

メインの肉となすのみそ炒めに最初に箸を伸ばす。少しだけ辛みのある味噌味が口中に広がり、消えないうちに、思わずごはんを頬張る。肉というのは豚肉だ。肉もなすも、しっかりと味が絡んでいる。ごはんがどんどん進みそうだ。

駅からこの店に向かうあいだ、前に来たときに何を食べたのか思い出そうとしていたのだが、わからなかった。実際に食べたら思い出すかもしれないと思ったけれど、浮かんでくるのは、児玉が当時好きだった小説について話していた言葉とか、横顔とか、細長い指とか、そんなものばかりだ。

今度はレンゲで、スープを口にする。ネギがたくさん浮かんだ、茶色みのかかった液体。鶏ガラの味が、寒い中を歩いてきた身体にしみていく。

テーブル席にいた人たちの話し声が、耳に入ってくる。ずっと話していたはずだけれど、なぜか聞こえていなかった。今日はまだ何も入れていなかった胃袋が、早くも少しだけ落ち着いて、余裕が生まれたのかもしれない。男女四人のそのグループは、今度一人が結婚するらしく、それについて話して盛り上がっているようだった。

結婚なんて考えもしなかった、ずっと。かつての同級生たちが結婚したり、実際に結婚式に出席するようなことがあっても、まるで外国の話のように感じていた。わたしにはできないというよりも、できるかどうか考える段階ですらなかった。

ただずっと、児玉ばかり見て、ともに過ごす時間のことばかり思っていた。彼氏がいた時期だってあったのに、そのときですら、結婚については思いもしなかった。

同じ場所にとどまれるはずがないのだ。

児玉は同じ場所にいつづけようとするあまり、周囲をシャットアウトしている。無理に決まっている。周囲から完全に切り離れて生きていけるはずはないのだから。

ようやく飛び出したわたしは、正しい選択をしたのだと言い聞かせているが、どうしてこんなにも、胸が痛むのだろう。

ふられたのはわたしのほうなのに、まるでわたしが児玉を捨てたような気持ちになっている。こんなのは間違っている。

定食を食べ進める。見知らぬ人たちの結婚についての話は、まだちっとも終わりそうにない。みそ炒め、ごはん、サラダ、みそ炒め、スープ、ごはん、みそ炒め、ごはん。食べ物を嚙みつづけ、飲みこみつづける。口の中ではずっと何かしらの味がしている。

観覧車の中でわたしが告白したことについて、児玉は何も言わなかった。地上に近づいていくあいだ、わたしたちはただ景色を見ていた。わたしは見ているふりをしていただけで、実際には見ていなかったが、児玉も同じような感じだったかもしれない。それはわからない。

葛西臨海公園を出て、駅に向かうあいだも話さずにいたが、別れ際に、ごめん、と児玉は言った。わたしは何も答えなかった。普通に考えたら、告白を断る返事だ。けれどわたしは、付き合ってほしいとは言わなかったし、そうできるとも思っていなかった。今の状態を責めたことに対する数度目の謝罪なのかもしれなかったけれど、確かめなかった。

あれから数ヶ月が経ち、児玉から、二回メッセージが来た。一度目は映画の誘いで、二度目は演劇の誘いだった。二度目は一昨日だ。どちらも断った。三度目はないだろうと思う。

彼は、何もなかったことにして、また元通りの関係を続けていくのを望んでいるのだろう。そうするのはたやすい。たやすいけれど、選べない。

いつまで経っても書きあがらない児玉の小説は、いつか完成するだろうか。そしてそれが日の目をみるようなことはあるのだろうか。どちらもあると信じたいのに、そうできない。何より児玉自身が、それを信じていない気がする。

定食を七割方食べたところで、水を飲む。もうお腹はいっぱいだ。それでも完食したい。

息をついた瞬間、頬を涙がつたって、驚いてしまう。涙はあたたかい。右目から出た涙が、同じように左目からも出てくる。わたしは慌てて、バッグからティッシュを出し、涙をぬぐい、なるべく小さい音になるように気をつけながら、洟《はな》をかむ。

昔一緒に来た店に、わざわざやってきて、わけもわからず泣いている自分は、どうかしていると思った。今日にかぎらず、ずっとどうかしていた。それでも児玉といたかった。どうかしているまま、児玉の話を聞いていたかった。

涙はまだ出そうだが、ぐっとこらえて、わたしはまた定食に箸を伸ばす。わたしは食べる。わたしは現実を生きていく。

まだ足が震えるけれど大丈夫　ぬるま湯の夢には背を向ける

♥中野区

中野にある「イル・プリモ」は何を食べてもおいしいイタリアンのお店で、中でも、魚介のサラダバジリコ風味は、絶対に頼むメニューだ。バジルを使っている緑のソースが、海老やイカといったシーフードにかけられているのだけど、酸味がまじったその味は、色からは想像できず、他の場所で食べたことがないようなものだ。

おいしい。

今日も一口食べて、そう強く思ったが、むかついている手前、表面上はポーカーフェイスを崩さないようにする。

一緒に頼んだ、モッツァレラチーズからすみがけもまた、塩気のバランスがちょうどよく、いくらでも食べられそうで恐ろしくなるほどだ。

一方、向かいに座る英人《ひでと》は、皿のバジリコソースをすくうようにしてパンにつけ、やっぱりこれおいしいよなー、と明るい声をあげている。

「瓶詰にして売り出してくれないかな。あらゆるものにかけたい」

そうも言う。完全に同意だけど、わたしは曖昧な同意の声をあげる。なんでこいつは反省しないんだろうと思いながら。

そもそも「イル・プリモ」に来る予定ではなかった。本当ならそろそろ、ナイトパレードを見ている時間だろう。今日はよく晴れていて、夜になってもあたたかい、ちょうどいい気温の一日だった。暗くなった中で、光り輝くパレードや、明るい音楽に、心弾ませていた、はずだった。

そもそも友だちの結婚式のビンゴで当たったペアチケットがあるから、一緒にディズニーランドかシーに行こうと誘ってくれたのは、英人のほうだ。わたしはディズニーランドがいいと返信していた。最後に行ったのがいつなのか思い出せないほど久しぶりの、数年ぶりのディズニーランドに、すっかり期待を高まらせていた。

ところが昨日の夜遅くになって今度は、あると思っていたペアチケットが見つからない、という連絡が来た。探しても出てこないのだという。仕方ないので、午前中から英人の部屋に行き、探すこととなった。ペアチケット自体は結局テレビ台の引き出しの奥という、なぜそこにしまったのかよくわからない場所から出てきたのだが、期限は先月で切れていた。

チケットを見つけたのも、期限切れに気づいたのもわたしだった。歓喜から一気に落胆したわけだけど、英人は笑いながら、切れてたー？　と言うのだった。背中を軽く叩いたが、もっと本気で叩いてもバチは当たらなかったはずだ。

結局そのまま、英人の家の掃除をした。天気のいい、ディズニーランド日和に、なんでわたしは、家族でも恋人でもない男の人の部屋を掃除しているんだろうと、何度も自問した。英人は、さすがに申し訳なさを感じてか、ディズニーランド行こうよ、おごるよ、と言ったが、彼がさほど稼ぎがいいわけではないことはわたしも知っている。貯金だって全然ないはずだ。

夜になって空腹を感じて、何度か来たことのあるこの店に足を運ぶことにした。英人の部屋から、十五分ほどで歩いて来られる距離なのだ。予約したほうがいいんじゃないの、と言うわたしに対して、大丈夫でしょ、と英人は言い切っていた。お店に着くと、ちょうど一組の男女が出てくるところだった。要はタイミングがばっちりだったのだ。

「ほら、大丈夫だった」

なぜか得意げに言った英人に対して、今日の分の怒りがふつふつと湧いてきて、今こうしてテーブルや料理を挟んで向かい合っていても、言いたいことがいろいろと浮かんでくるのだが、料理のおいしさに集中することにする。このあとでスパゲッティやデザートも食べる予定だ。

隣のテーブル席には、四人の女性が座っていて、共通の友人らしき人の名前や近況を言っては盛り上がっている。聞こうとしているわけではないのだが、席が近いから、時おり言葉が耳に入ってくるのだ。学生時代の友人関係なのだろうかと、勝手に想像する。

女性たちがどう想像しているか（あるいは何も想像していない可能性も大いにあるのだけど）はもちろん知らないが、わたしたちはカップルに見えるだろうなと思う。

英人のことが好きなのかと聞かれると、ものすごく悩んでしまう。もちろん好きではあるし、彼に何かがあったらできる限りのことはするつもりだが、それが他の友だちに対しての気持ちと、どれくらい違うのか、わたしにはわからない。昔はわかっていたはずなのに、わからなくなってしまった。

高校が同じだったわたしたちは、当時はあまり話すことはなかった。一年だけ同じクラスになったけど、グループも違ったし、顔と名前と部活を知っている同級生、くらいの存在にすぎなかった。

仲良くなったのは、それぞれが都内の大学に進学してからだ。大学は別だったけれど、東京に進学した人たち同士での飲み会が開催されて、そこで再会したのだ。安いチェーン系列の居酒屋や、誰かの部屋でのたこ焼きパーティーや、お花見の季節の公園や、さまざまな場所で飲み会をして、言葉を重ねた。それぞれの高校時代の話を聞く中で、知らなかった事実もたくさん発覚した（たとえば英人は、学年でおそらく一番人気のあった女子と一ヶ月だけ付き合っていた、とか）。

「これ、食べちゃうよ」

わたしは頷いたが、わたしの返事がなくっても、英人は最後のイカを食べていたことだろう。残り少ないパンをちぎって、模様のように白いお皿に残っている緑のソースをつけて食べる。瓶詰にして売り出してほしいという、さっきの英人の言葉を、丸々自分の感情として思う。

英人と体の関係を持ったのは二回で、いずれも会社員になって間もない頃だった。二人とも酔っぱらっていたけど、アルコールだけのせいにするには、わたしたちは親しすぎたし、長い付き合いで、お互いのことをわかりすぎていた。多分あのとき、寂しさのタイミングがぴったり合ったのだ。どちらも恋人と別れたあとだった。

運ばれてきたウニのスパゲッティ（ウニが大量にのっていて、これもすごくおいしい）を、うまそう、と言いながら、英人が自分のお皿に取り分ける。二人でいるときはセルフサービス、相手のお皿にサーブしたりしない、というのは、いつのまにか暗黙のルールとなっている。

わたしは白ワインを飲み、こっそりと英人の手を見つめる。自分の手とはずいぶん違う。関節のひとつひとつが骨ばっている。この手がどんな感触をしていたのか、どんなふうに自分に触れたのだったか、わたしはもう思い出すことができない。

隣の女性グループが、運ばれてきたデザートに声をあげる。全種類ください、と頼んでいた声は、先ほど聞いていた。何種類ものケーキやプリンがお皿にのせられている。ずいぶんと贅沢だなと思って、顔を戻したとき、英人と目が合った。彼が目配せをする。うらやましい、と言っている顔だった。英人はお酒も飲むが、甘いものも好きだ。わたしは思わず笑ってしまう。声は出さずに。そしてウニのスパゲッティを自分のお皿に取り分ける。

暗黙のルールは、料理のサーブに関してだけじゃない。かつて自分たちに体の関係があったことは、一切話題にのぼらない。忘れているわけではないと思う。少なくともわたしは、完全に忘れたことなんてない。

関係を持った二回とも、英人の部屋でのことだった。今住んでいるのとは異なる、前の部屋で、ずいぶん陽当たりが悪かったのを憶えている。今夜また部屋に誘われたなら、自分はどうするのだろうかと思ってみるが、答えは出ない。自分がそうなりたいのか、なりたくないのか、真剣に考えてみるけれど、本当にわからないのだ。

「おいしいー」

隣の女性グループの誰かの声が、耳に飛びこんでくる。ウニのスパゲッティを飲みこんだわたしも、同じことを思った。

感情がソースのように混じりあう　自分のことがわからずにいる

「やっぱ片手で食えると便利だよな。エクレアとか」

「わかる。カップスイーツより気軽だよね」

「飲んだあとにちょうどいいんだよなあ」

「新作の抹茶の食べた？　あれもまあまあだよ。普段のチョコのほうが好きだけど」

わたしはそう言い、店名が入っているグラスに注がれたビールを飲む。よく冷えている。

会うなり、別に今日しなくたって構わない話を続けている。今はコンビニスイーツの話。わたしはやけに笑っているなあと自分でも気づいている。英人の本題を聞くのが、少し怖い。

ちょっと話したいことあるんだけど、近いうちに暇な日ある？

普段ならすぐに返すメッセージを、返すのに少しためらった。英人がわたしに相談を切り出すのは、初めてのことだった。さんざん悩んで、昼休みもそろそろ終わる時間帯になってから、なんてことないふうに、今夜はあいてるよー、と絵文字をつけて返した。

荻窪駅前にある「orq.」は英人のセレクトだ。たまたま一人で入って、感じのいいお店だったという説明は、最初にしてくれた。確かに雰囲気がいい。あたたかい光を与える電球がいくつかぶら下がっているカウンター席からは、キッチンの様子が見えるようになっている。店内にいるのは女性客が多めだ。

オーガニック野菜を使った料理が売りの一つらしく、コースを頼んだのだが、一皿目の特製ソースがかかったハーブサラダだけで、野菜のおいしさが伝わってきた。このあとにはカルパッチョやチーズ、野菜の炭火焼き、豚肉とレンズ豆の塩煮込みなどが出てくる予定だ。

「今日、ごめんね、突然で」

会話が途切れた瞬間を、待っていたみたいに、英人が言う。

「いいよー、今、忙しさも落ち着いてきたし」

わたしは答えた。嘘ではない。わたしの会社での担当である営業事務に、産休に入る先輩がいて、しばらく一人足りない状態で仕事を回さなくてはならず大変だったのだが、ようやく新しい人が入ってきて、彼女も仕事に慣れてきたところだ。

「ならよかった」

英人が言い、ビールを飲む。英人の横顔。相変わらず線が細い。

わたしたちが出会った高校時代から細い体型だったし、ずっとそう認識していたが、かつて英人の部屋で寝たときに、意外とがっしりしているんだな、と二の腕に触れて思った。

もう何年も前のことなのに、いきなり思い出してしまった自分に驚く。

運ばれてきたカルパッチョを、自分の分だけ取り分ける。英人も同じようにしている。

何か話さなくては、と思い、急いでカルパッチョを食べて、あ、これもおいしいね、と言った。オリーブオイルが効いているシンプルな味つけだけど、魚自体に脂がのっていて、旨味がある。うん、うまい、と英人が同意する。

「魚って、一人暮らしだとあんまり買わないから嬉しいな」

わたしは言った。

「朔美《さくみ》、料理してるもんね。えらいよなー。俺、まじで外食ばっかり。というかほぼコンビニ」

「してるっていうほどでもないけどね。平日はわたしも結構コンビニ使ってるよ。あとスーパーのお総菜とか。仕事終えて帰ってから自炊する人って、ほんとにすごいなあって思う」

「俺も少しは料理できるようになりたいんだけどなあ」

「そうだよ、キッチン使いなよ」

前に目にした、飲み干したペットボトルが積まれている、英人の家のキッチンを思い浮かべる。ガスコンロは見ただけでも、ほとんど使われていないことがわかった。

英人はわたしの言葉に笑い、一瞬してから声のトーンを変えた。

「大したことでもないんだけど、今日、話したくてさ」

まだ料理の話が続くかと思っていたので、わたしはちょっと不意をつかれる。それでも、うん、と続きを促した。

「あ、すみません、ビールお代わりで。朔美も？」

「えっと、わたしはジンジャーハイボールで」

フルーツを使ったお酒も多くあり、いくつか気になっていたのだが、メニュー名が咄嗟に思い出せず、憶えていたものを注文する。続きが気になる一方、別の話をしたい気もする。はい、とカウンター内の店員さんは、にこやかに応じてくれる。

「ちょっと気になってる子がいて、今」

英人が言う。

やっぱり、とわたしは思う。

「えー、そうなんだー」

はしゃいだ声を出した。

転職とか転勤とか、恋愛以外の悩みも想像したけど、転職したがっている様子はなかったし、英人の勤務先に転勤はないはずだ。おそらく恋愛関連なのだろうなと思っていた。二十七歳という自分たちの年齢を考えれば、結婚だってちっともおかしくはないが、付き合っている子がしばらくいないのは聞かされていた。

わたしへの告白かもしれない、というのも、少しだけ想像していた。だけど英人の性格上、「話したいこと」という言い方はふさわしくないと思ったし、何より、そんな素振りは一切なかった。

彼女ができたから紹介する、というのもありえるかと思っていたので、店に入ったとき、カウンターにいた英人が一人きりだったのには安心していた。だけど、やっぱりだ。

「いい年した男が何言ってんだって感じだけど、どうしていいかわかんなくて、相談できる子も思い浮かばなくて。朔美以外に」

本当に、何言ってんだ、と言えたほうがラクなのかもしれない。なんでわたしは笑っているのだろう。

好きかどうか、正直に言うとわからないと思っていた。身体の関係を持ったのなんて、もうずっと前だし、英人のだらしなさやダメなところもたくさん知っているつもりだ。だけど、隣にいる彼に、好きな女性ができたのだという事実に、わたしは動揺している。

運んできてもらったジンジャーハイボールを、多めに飲む。横目で見た英人は、どこか照れくさそうな様子で、少しだけ口角が上がっている。

全部どうでもよくなってためらわず笑えるように早く酔いたい

「東京ミステリーサーカス」に向かう足が重い。胃の中にはさっき食べたばかりの麻婆豆腐がたっぷりと残っている感じがあって、それも重たさの一因ではあるけど、大部分は別にある。

これから、ヒラサワさんに会う。

「ほんとおいしかったでしょ、あそこ」

「うん。おいしかった」

英人に話しかけられ、わたしは同意する。確かにおいしかった。麻婆豆腐も、英人が頼んでいて一口もらった担々麺も。どちらもしっかりと辛さがあって、さまざまな調味料が効いていた。いかにも本格的といった感じで。

店内に満ちていた、食欲をそそる、油や食材の香りもよかった。

「うまいよなあ。本当は大人数で行って、いろいろシェアするのがお勧めなんだけどね。よだれ鶏っていう名物料理があって。そのタレがすごいんだよ。他では絶対食えない味って感じで」

「へえ、おいしそうだね」

「このへん中華多いけど、『川香苑』はかなり上位じゃないかなあ。というか俺の中では一位かも。あ、あと、路地にあるめっちゃディープな店もあるけど。そっちは夜しかやってないんだよなー」

上機嫌な英人に、同じようなトーンで返したいと思うのだが、どうしても心が一箇所にひっかかっている。

脱出ゲームでは動く必要があるかもしれないと言われていたので、ニットにジーンズにコート、足元はスニーカーという、シンプルな色気のない格好で来てしまったのだが、それすら失敗だったのではないかと心配になる。ヒラサワさんはどんな格好をしているのだろう。可愛い感じなのか、それともボーイッシュな感じなのか。歳はわたしたちの二つ下、二十五歳ということだが、それよりも大人びているのか若く見えるのか。女優さんやモデルさん、同僚など、あらゆる女の人の顔が頭の中を巡っていく。どうせもう少しすれば答えを知ることになる。見て答え合わせをしたい、という気持ちよりも、今すぐに帰って会わずにいたい、という気持ちのほうがずっと大きい。

本音を言えば。

リアル脱出ゲームって知ってる? 行ってみない?

そんなふうに英人から電話をもらったのは一昨日の夜だ。英人からの突然の誘いには慣れているし、あらかじめ入念な段取りをふまえての誘いのほうがずっと少ない。そういえば、ディズニーランドに行こうと話していたのに、前日になってチケットがないと大騒ぎされて結局行けなかったことすらあった。だからいつものように、詳細は訊ねなかったのだが、聞いておけばよかった、と今になって後悔してしまう。

腹が減っては戦ができぬからな、と言う英人と、先に中華料理店に行った。それがさっきまでいた「川香苑」だ。

最初は問題なかった。リアル脱出ゲームについて話していたから。最近ものすごく流行っているらしい。参加したことはないわたしも、単語に聞きおぼえはあった。部屋に謎が仕掛けられていて、それを仲間と力を合わせて解いていくことで、部屋から脱出できるのだという。ストーリーによって、舞台設定や、謎そのものは異なるのだが、とにかく頑張って謎を解けばいけるから、と英人は繰り返した。自分も今日が初体験だというのに。

これから向かう「東京ミステリーサーカス」というのは、歌舞伎町にある施設らしい。テーマパークのようになっていて、何フロアかに分かれているのだが、それぞれの場所で脱出ゲームが楽しめるのだという。わたしたちが今日参加するプログラムは地下で開催されるもので、沈んでいく船から脱出するのが目的になっているのだという。超おもしろいらしいよ、と語る英人は、やけに得意げだった。

そこまで聞いた段階で、わたしは疑問を持ったのだ。

「でもわたしたち、脱出できる？」

わたしはクイズやパズルは得意ではないし、英人にもそんなイメージはない。そして二人とも初めてなのだ。なぜ英人がわりと自信ありげなのかが謎だった。

「あれ、言ってなかったか。今日、頼もしい助っ人来てるから。四人で一チーム」

「え、そうなの？」

驚いたものの、一方で安心もした。わたしたち二人でできる気はしない。しかし、英人の次の言葉で、感情が一気に揺らいだ。

「残り二人は脱出ゲーム慣れてるから。俺の友だちと」

「と？」

一瞬言葉を詰まらせた英人は、今度は早口になり、言った。

「あと、気になってる女の子いるって言ってたじゃん。その子」

「え」

咄嗟に出た自分の声が、低いものになってしまったと気づき、慌てて、えー、えー、と、はしゃぐように何度も付け足した。

それからはずっと、英人が気になってる子、の話になった。仕方なく。今日の脱出ゲームも、その子とやりとりする中で、生まれたプランなのだという。だったらわたしを呼ばないでよ、と思ったけれど、そんなことを言ったところで、え？　と怪訝《けげん》に思われるだけなのはわかっているし、わたしにしても、自分が抱えている感情を上手に説明できる自信がない。

英人がこれから、そのヒラサワさんの前で、わたしに対してとは違う感じで話したり笑ったりするのを見るのかと思うと、逆にヒラサワさんが英人に向けて話しかける場面をたくさん目にするのかと思うと、落ち着かない。嫉妬という単純な言葉に落とし込んでいいものなのかもわからない。ざわざわする。

「まだ来てないっぽいなあ」

言われて顔をあげたとき、自分が足元ばかり見ていたことに気づく。目の前には立派なビルがある。窓には「TOKYO MYSTERY CIRCUS」の文字が浮かんでいる。入口の前に、待ち合わせしているらしき何人かが立っているが、この中にはまだヒラサワさんはいないらしい。

「あ、ちょうど来た」

横を向いた英人が言い、わたしはまた咄嗟に目線を下げてしまう。こちらに近づいてくる紺のスニーカー。コンバースのものだ。星のロゴが入っている。黒いパンツ越しにも、足がずいぶん細いのがわかる。ゆっくりと目線を上げていく。微笑まなきゃ、と思う。

走り出したくなる衝動　かといって走り出すほど子どもじゃないし

♥豊島区

わたしの向かいに座っている英人の視線は、わたしに対してより、隣の志保《しほ》ちゃんに向けられることがずっと多くて、その事実にも、その事実に律儀に傷ついている自分にもイヤになってしまう。もう一人の同行者のように、わたしも帰ってしまえばよかった、と、さっき思ったことをまた思う。なんだって三人で、こんなに明るい店内でお昼ごはんを食べようとしているのだろう。

「謎解いたあとって、お腹へりますよねえ」

わたしの隣で志保ちゃんはそう言い、ふふっ、と小さく笑う。志保ちゃんはよく笑う子だ。普通にしていても、口角が少し上がっているせいか、黙っていても明るさが宿っている。

「腹減ったなあ」

英人は以前、志保ちゃんのことを、明るくていい子で、友だちも多い感じで、と話していた。英人の見る目なんて当てにならない、わたしの複雑な心境にも気づかないくらいだし、と思っていたのだが、ここ数ヶ月の間で何度か彼女に会ううちに、何も間違っていないと知った。いや、知らされたという感じか。

可愛らしく、親しみやすく、にこやかで、まったくもっていい子だ。わたしのことを朔美さんと呼び、感じ良く接してくれる。きっとこういう出会い方でなければ、わたしは彼女のことを、もっと好きになったのだろうと思う。

「お待たせいたしました、こちら、サラダとスープですね。サラダの方は」

「あっ、わたしです」

志保ちゃんが軽く手をあげ、彼女の前にサラダが置かれる。続いてわたしと英人の前にスープが。細かく切られた野菜がたくさん浮かんでいる。

周囲の女性客が、会話を弾ませているのが耳に入る。わたしと英人二人きりだったなら、入らないお店だろうな、と考えてしまう。今いる池袋の「ハース」は、志保ちゃんが案内してくれたお店だ。前に友だちと来たことがあるのだと言う。脱出ゲームの会場からここまで歩く途中、ガレット好きですか？　と志保ちゃんに訊ねられ、え、ガレットってなに、と答え、そば粉のクレープで、と説明されている英人は、やけに嬉しそうで、わたしは彼の表情を覗き見ながら、なんだか腹立たしい気持ちにすらなっていた。

そんなんじゃ、すぐに好きってバレるよ、と忠告したいくらいだったが、バレてしまってもいいと思っているのかもしれない。この間も英人から、やっぱり告白しようかなあ、という相談を受けたところだ。曖昧な返事でお茶を濁してしまったが。

スープを飲みながら、さっきのゲームの話をする。今日は脱出失敗となってしまった。中盤のパズル的な謎が難しかった、と話しながら、どうして貴重な休日の朝から、脱出ゲームに行っているのだろう、と思う自分もいる。

英人に誘われて、新宿のリアル脱出ゲームに参加してから、たびたびこのメンバーでいろんなプログラムに行っている。まったく知らなかったのだけれど、脱出ゲームというのは、わたしが思っていたよりもずっと流行っているようで、全国各地で開催されているのだ。東京都内だけでも数ヶ所の常設店があり、店舗内では複数のプログラムがある。さらに期間限定開催のものも合わせれば、数えきれないほどだ。わたしはまだ行ったことはないが、幕張メッセとかＺｅｐｐ Ｔｏｋｙｏとか、ずいぶん大きな会場で開催されることもあるらしい。今度行きましょうと志保ちゃんに声をかけてもらっていて、なんとなく参加するつもりではいるが、わたしはいまだに、リアル脱出ゲームをそこまで楽しめていない。これは志保ちゃんにも英人にも内緒にしていることだ。みんなで協力して謎を解いたときや、全体で成功できたときなど、一緒に喜びながらも、なんとなく無理して舞い上がっている。

それでも今日のような誘いがあるたび、わたしはあまり断らずに参加するようにしている。参加して、自分がさほどリアル脱出ゲームを好きではないことを確認し、英人が志保ちゃんのことを好きな様子を思い知らされ、わたしは一体何をやっているんだろう、と帰りの電車の中で必ずといっていいほど思うのだ。きっと今日もそうなるだろう。

「お待たせいたしました、ガレットです。こちらがオニオンシードルですね」

わたしと志保ちゃんの前に、同じガレットが置かれる。端が折りたたまれるようにして、四角形となったガレット。中央では半熟の目玉焼きがつやつやと輝いている。

おいしそうー、と志保ちゃんが嬉しそうに言う。英人の前に置かれたものは、別の種類のため、目玉焼きは入っていない。

「俺も卵入ったやつがよかったかなあ」

「えー、でも、そっちもおいしそう」

志保ちゃんはわたしに対しては基本的に敬語を使うが、英人に対しては敬語を崩すことがある。今みたいに。単に会っている回数の多さによるもので、あまり深い意味はないのだろうけれど、いちいちわたしは気づいてしまう。

ナイフとフォークで、四隅の一つを切り、口に運ぶ。端っこにもしっかりと炒められた玉ねぎが入っていて、素朴な風味の生地とよく合う。おいしいね、とわたしは言った。おいしいですよねー、と志保ちゃんが言う。

おいしい、おいしい、と確認のように三人で繰り返しながら、またさっきまでの話に戻る。気づけなくて悔しかったなあ、と話す志保ちゃんは、心から悔しそうで、そんなにもゲームに熱中できていることがうらやましくなる一方、心から楽しんだり悔しがったりできていない自分は、二人に対して嘘をついているのかもしれないと思い、少し苦しくなる。

ガレットを食べ進めるうち、志保ちゃんが、わたしのお皿に目を落として言った。

「朔美さん、目玉焼き、最後まで残すタイプなんですね」

彼女の言葉どおり、だいぶ残り少なくなっているにもかかわらず、わたしのガレットの目玉焼きは、中央で最初の形を保ったままだ。志保ちゃんのお皿に目をやると、既に目玉焼きの黄身は崩され、黄色いソースとなって、全体に広げられている。

「ケーキの苺とかも最後まで残します？」

志保ちゃんに訊ねられ、わたしは、うん、と言った。

「もったいなくって、崩せないんだよね。それでタイミング逃すこと、よくあるよ。丼の温泉卵とかも、最後まで残しちゃったり」

「そうなんですねー。わたしは逆に、早く崩しすぎちゃって、失敗することよくあります。苺もすぐに食べちゃうし」

志保ちゃんはそう言ってから笑った。俺は両方あるなあ、と英人が言い、それから、ちょっと、と言って席を立った。英人のガレットはもう食べ終えられている。トイレに行ったらしい。

志保ちゃんが言った。

「絶対内緒にしてほしいんですけど、わたし、英人さんのこと、ちょっと気になってるんですよね。英人さんって、彼女いないって言ってるけど、それってほんとなんですか？」

目玉焼きの話が続くと思っていたので、わたしは不意をつかれた質問に、え、と言い、咄嗟に言葉をつなげることができなくなる。それでも頑張って、ほんとにいないみたいだよ、と絞り出した。志保ちゃんは、意外ですね、と言い、照れ隠しの意味もあるのか、また少し笑った。

わたしがいつまでも崩せずにいる目玉焼きに、この子はいとも自然にナイフを入れるのだな、と思った。何も間違っていない。まっすぐで素直で、眩《まぶ》しい。

両思いらしいよ。よかったじゃん。

心の中でわたしは英人に向かってそう言い、もうだいぶ小さくなった四角形の隅にナイフとフォークを入れる。

タイミングが大事らしいとわかってる　だけど身体は動けずにいる

♥ 練馬区

　練馬駅に降りた瞬間に、懐かしい、という感情がわたしを包んだ。大学生活を送った四年間、住んだ街だ。駅を出たときに目に映る風景は、多少の変化はあるものの、当時を思い起こさせるものに溢れている、見慣れたものだった。

　店まで歩く、数分間の道のりで、住んでいたときのことをどんどん思い出していく。記憶一つがよみがえるたび、連鎖するように別の記憶が浮かんでくる。

　歩いているあいだは、今の自分が、もう二十代後半であることや、会社員になってしばらく経つことや、今日これから誰と会って、それはどんな話をするためなのかといったことは、遠くなった。狭いアパートで過ごした日々のほうがはるかに近かった。安売りしていた本棚の、重みのせいか、湿気のせいか、ともかくすぐにたわんでしまった板の角度まで、鮮明に思い出せた。

　目的地である「ダ・パオロ」というイタリアンの前にたどり着き、ようやく、今の自分が戻ってくる。イタリアの国旗が描かれたひさしの下、ガラスの扉を開けて中に入る。

珍しく、英人が先に到着していた。まだ待ち合わせ時間には少し早いというのに。壁や椅子など、黄色が多く使われた店内に、上下黒い服を着ている英人は、入ってきたわたしに向かい、軽く片手を上げた。

店は人気のようで、他のテーブル席もほとんど埋まっている。

「ごめんね、お待たせ」

「いや、おれも今さっき着いたとこだし」

とは言うものの、英人の手元にある飲み物は、既に半分ほどが減っている。ワイングラスのような形のグラスに注がれているのは、見た目からして、ビールだろう。

「なんかおいしそうなもの、いくつか頼んでおいたよ。生ハムとかサラミとかチーズとか。あ、あと若鶏のフリットも」

「ありがとう。あ、すみません、ハートランドをグラスで」

前半は英人に、後半はやってきてくれた店員さんに対して言った。

メニューに並んでいる料理は、さほど多くはないが、どれも食べたくなるようなものばかりだ。サラダとトリッパのトマト煮込みを注文したかを英人に訊ねると、どちらも頼んでいないとのことだったので、ワイングラスのような形のグラスに入っているビールを持ってきてくれた店員さんにオーダーする。すみません、あと、もう一杯ハートランド、と英人が言う。

「乾杯」

「乾杯」

泡の加減がほどよい、運ばれてきたばかりのわたしのビールと、残り少なくなっている英人のビールが、グラス越しに近づく。

「今日、なんで練馬？」

英人がわたしに訊ねる。もっともな質問だった。お互いの家を考えると、もっと便利な場所は多い。

「なんとなく。昔住んでたし」

「あ、俺も電車降りたときに思い出した。前に朔美の部屋で鍋パーティーしたことあったよな。高校のやつらと」

昔住んでたからというのが、今日飲む理由として通用するのか不安だったが、英人はいともあっさりと受け入れ、そんなふうに言う。

「よく憶えてるね」

「いや、すっかり忘れてたけど、そういや練馬って来たことあるよなー、って。あのとき、何人くらい集まったんだっけ」

「六人くらいかなあ。今考えると、かなり無理やりだよね。わたしの部屋、八畳くらいだったのに」

「ぎゅうぎゅう詰めになってたもんな」

「そうそう。それなのにかっちゃんが酔っぱらって眠っちゃって、みんなに踏まれたりしてたよね」

「あー、そうだったかも。あいつ、図体でかいから、ただでさえ邪魔なのに。しかもあのときって、バイト先に好きな子できたって言って、やたら騒いでたんだよな」

「そうだ。ディズニーシー行くとかなんとか」

英人と話すことにより、忘れていたはずの記憶が、熱を帯びていく。しばらく会っていない友人たちの顔が、次々と頭をよぎる。

「あ、ディズニーといえば、忘れないうちに誘っておくわ。あのさ、今度、ディズニーランド行かない？」

「ディズニーランド？」

　突然の誘いに、わたしは手を止める。テーブルの上は、今さっき運んでもらったいくつかの料理で、既に埋まりつつある。

「前に、俺がペアチケットあるから一緒に行こうって言ったのに、期限切れちゃってて、行けなかったことあったじゃん。あれ、おごるとか言いながら、結局果たしてないよなー、って思い出して」

　言われて思い出す。確かにそんな日があった。チケットを探したついでに、散らかりまくっていた英人の部屋を掃除したのだった。あの日以降、彼の部屋には足を踏み入れていない。

「いいよ、別に」

「いや、申し訳ないからさ。志保ちゃんと近いうちにディズニーランドに行こうって話してるんだけど、その話で思い出して、志保ちゃんに朔美も誘っていいかって訊いたら、もちろんだって。志保ちゃんも会いたがってるし、もしあれだったら、もう一人くらい誘ってもいいし」

　デリカシーのなさに、わたしは悲しくなるのを通り越して、笑ってしまいそうになる。口に入れたチーズの味も、一瞬わからなくなるほどだった。

「二人で行きなよ、そこは」

「いやー、でも、志保ちゃんも、みんなで行ったほうが楽しいかもって言ってるし」

「二人で行きなよ」

同じ言葉を繰り返した。突き放すような言い方になってしまったのがわかったので、慌てて、デートの邪魔したくないし、と冗談めかして言った。

「邪魔とかじゃないよ、別に」

デートのほうを否定してほしかった、と思うが、二人が付き合い出したのは事実なのだから、どう考えたってデートなのだ。

あのさ、付き合うことになった、志保ちゃんと。

少し早口気味に英人から伝えられたのは、このあいだ、何人かで行った脱出ゲームの帰り道だった。二人きりになったタイミングで。とっくに予想はしていた展開なのに、それでも実際に言葉にされて、動揺を隠すのに必死だった。

新たに運ばれてきたサラダを口にしてから、わたしは、向かいに座る英人を見る。

「なに、どうしたの」

わたしの視線にすぐに気づいた英人に、ううん、と言った。

「なんだよ」

「別に」

告白しようと思って、わざわざ練馬のお店を選び、やってきた。かつて住んでいたアパートの風景が思い出になったように、さっさと思い出にしてしまいたかった。練馬という場所に、あらゆる記憶を置いていきたかった。英人とのあいだに、かつて体の関係があったことも。

けれどきっとわたしは、告白なんてできない。本人は意図していないであろう志保ちゃんののろけ話を聞いて、へらへらと笑って、それなりに酔っぱらって、思い出話に花を咲かせて、またね、と別れていくだろう。数時間後の自分が、容易に想像できる。

「なに考えてるの」

英人が言う。

「んー、昔住んでたときのこと」

わたしは嘘をつく。

思い出を背負って、半端な恋心を抱えて、わたしは今日も明日も過ごしていく。目の前の鈍感な男友だちとは、二人きりで会うのは今日が最後だ、と、口には出さずに決意する。二杯目をワインにするかビールにするか、悩みはじめる。

懐かしい思い出に溢れた街で思い出にならない人といる

♥ 武蔵野市

やっぱり来ないほうがよかったのではないだろうか。絶対に来てほしい、っていうか朔美さんが来ないなんて考えられないし、だったら日程変えます、とまでメールで言われてしまい、その時期は仕事が忙しいかもしれないというざっくりとした嘘を、慌てて撤回することになったものの。

吉祥寺駅からほど近い場所にある「CAFE&WEDDING 22」は、その店名どおり、普段からウェディングパーティーが行われることが多いのだろう。今日のように。

ビルの地下一階という案内を見たときは、小さな店を想像したが、中は広々としていて、照明も多く使われていることから、明るいイメージだ。白く照らされた壁は、まだ新しさを保っていて綺麗だ。自由に着席できるよう、端に並べられている木製の椅子は、シート部分が黒で落ち着いている。出席者は友人ばかりと言っていたとおり、わたしと同年代か、少し年下に見える人たちが多いせいもあってか、着席している人はほとんどいないが。

今日の主役である二人は、彼女の友人グループらしき女性たちに囲まれて、何枚も写真を撮っている。その様子を横目でうかがいながら、わたしは、ビュッフェから取ってきたうちの、カプレーゼを口にする。モッツァレラチーズとトマト、それにオリーブオイルのバランスが程よい。他に取ってきた肉料理も、見た目からして食欲をそそる。

けれど一方で、高校時代の同級生から聞いた話が頭を離れずにいて、料理にも主役の二人にも集中しきれていない。

「彼女、ほんと可愛いな。志保ちゃんだっけ」

またしても同級生に話しかけられ、わたしはフォークを置く。わたしにさっき衝撃的な事実を伝えてきたことなんて、ちっとも気づいていない。当たり前だけれど。

「うん、志保ちゃん」

「やるなあ、英人」

同級生と同じように、わたしも彼らに視線を送る。控えめに開いた胸元にわずかにレースがあしらわれている以外は、ほとんど飾りのない、上品な白いドレス。左に大きくまとめられた髪に添えられている、薄いオレンジの花飾り同様、志保ちゃんにとても似合っている。いつも以上に美しい。

わたしと同級生の視線に気づいてか、英人がこちらを向き、思いきり目が合ってしまう。明るくしなければと思うより先に、同級生がにやにやと笑い、英人はそっちに向かって、何笑ってんだよ、と言う。助かった、と思う。

今日、わたしに会うなり、出席を大げさなほど感謝してくれた志保ちゃんは今、妊娠している。まだ見た目にはわからないが、そう伝えると、脱ぐとぽっこりしてますよ、と言って笑っていた。

子どもの性別はそろそろわかる頃だけれど、あえて聞かないようにしようかな、とも言っていた。志保ちゃんが母になることよりも、英人が父になることのほうが心配になってしまう。

とはいえ、わたしが心配するまでもなく、英人はいい父親になるだろう。ダメな部分もたくさんあるけれど、何より、優しくていいやつなのだ。ずっと知っていた。志保ちゃんと英人が出会う前からずっと。

知っていたのに、隣に並ぶことはできなかった。

数十分前、同級生はわたしを見るなり、少しだけ声をひそめて言ったのだ。

「正直、結婚するって聞いたときは、竹井《たけい》かと思ったんだよね」

「わたしが英人と？　そんなわけないじゃん」

笑って返したのに、同級生は笑わなかった。さらに声をひそめるようにして続けたのだ。

「いや、ここだけの話、英人、竹井のこと好きだったみたいだから。知ってたかもしれないけど」

「え？　いつの話？　学生時代？」

「違うよ。三年くらい前かなあ。俺、相談まで受けたんだから」

「相談？」

「恋愛相談だよ。おっさん同士が居酒屋で」

今度は同級生が笑ったが、わたしが笑えずにいた。三年前？　わたしたちが身体の関係を持ったのは、もっと昔だ。

「そんなに最近？　勘違いじゃなくて？」

「いや、三年くらい前。俺が転職した直後だから憶えてる」

「英人、なんて？」

「いろいろ話してたけど、最終的には、『朔美は俺を友だちとしてしか見てくれないからな』みたいなこと言ってた気がする。って、ここまでばらしちゃっていいのかな。まあ時効か」

一人で勝手に納得した様子の同級生に、それ以上詳しいことを聞くのはためらわれた。聞いたところで、もう何もかもが遅いのだともわかっていた。身体の関係を持った事実は、ばらさなかったらしいことに安心しつつも、どうしてそんなふうに思ったのだと、英人を問い詰めたい気もした。

友だちとして関わるしかないのだという空気を出したのは、英人のほうだ。少なくともわたしはそう感じていた。

付き合いたかったと強く望んでいたわけではない。でも、同級生の話を聞いて、わたしは本当は英人と恋人になりたかったのかもしれない、と思った。志保ちゃんへの恋心を聞かされてから、嫉妬している自分に、蓋をしていた。

やっぱり、来なければよかった。

強い後悔が生まれはじめたわたしのことなんてまったくおかまいなしに、パーティーは進んでいく。中央に運ばれてきた白いケーキは、大きな長方形で、たくさんの苺とブルーベリーがあしらわれた、いかにもウェディング然としたものだ。おそらくチョコレートで描かれている「Ｈａｐｐｙ Ｗｅｄｄｉｎｇ」の文字も。

寄り添って行われる入刀や、二人がそれぞれにケーキを口に運んで食べさせあうファーストバイトを済ませるのを、少し離れた場所から見る。誰もがスマートフォンを使って、二人を撮影している。それを見て、撮りたいというよりも、撮らなくてはという気持ちにさせられて、わたしも撮影したが、他の人たちの後頭部が多く入っている。撮ったそばから、あとで消すことになりそうだな、と思う。

司会の男性が言う。

「さて、こちらのケーキを、後ほどみなさんにも召し上がっていただきたいのですが、実はもう一人、特別にお先にケーキを召し上がっていただきたい方がいらっしゃいます。竹井朔美さん、前にいらしてください」

突然名前を呼ばれて、わたしは、え、と思わず声をあげた。英人と志保ちゃんが、笑いながら手招きをしている。周囲の人たちも、わたしを見ている。二人とケーキに近づいていく。

「竹井さん、明日、お誕生日でいらっしゃるんですよね？　伊東《いとう》さんの高校の同級生である竹井さんは、新郎新婦お二人が仲良くなる上でも、近くで見守り支えてくださった、特別な存在であると、お二人から伺っています。そうしたわけで、結婚パーティーというめでたい席で、竹井さんのお誕生日もお祝いしたいと」

特別な存在、なんて。喜んでいいのか、悲しんでいいのかわからなくなってしまう。志保ちゃんが、朔美さん、おめでとうございます、とプレゼントが入っているのであろう小さな紙袋をこちらに差し出してくる。

誕生日、英人が伝えたのだろうか。まともに祝ってくれたことなんてないくせに。なんでこんなタイミングで。

「それでは、お二人じきじきに、竹井さんの分のケーキをご用意いただきましょう」

置かれている長いナイフを、二人がまたも持ち、ケーキの端をカットする。明らかに多い。一人が食べる量じゃない。お皿に無理やりにのせたケーキのかたまりに、会場にいる人たちが小さく笑いをこぼし、英人も志保ちゃんも笑っている。仕方なくわたしも笑い、手首には紙袋をかけたまま、渡されたフォークをケーキに刺し、思いきり口を開いた。恥ずかしくもあったが、どうでもいいや、という気にもなった。投げやりではなく、愉快だった。

巨大なケーキはやっぱり、一気には口の中に入りきらない。唇にクリームがついてしまっているのが、感触で分かる。

「竹井さん、おめでとうございます。そして改めて、お二人にも拍手を」

会場中が拍手で包まれる。わたしはまだケーキが飲みこみきれない。クリームやスポンジの甘さの中に、苺の酸味がある。恥ずかしい。けれどおいしい。寂しい。けれど嬉しい。

「朔美さん、おめでとうございます」

志保ちゃんが言う。

「ありがとう。おめでとう」

わたしは言う。もっと心からおめでとうと思える日がくるのを願いながら。

結婚も失恋も終わりじゃなくて　これからもわたしたちのお話

メロンソーダコーラ

ヒロムくんを待っているあいだ、何をしていいかわからなくなる。いつもなら、携帯電話をいじっているけど、それは預けてしまっている。目の前のアクリルガラス板を見る。立ち上がって手を伸ばしたら届くくらいの場所に汚れがあるのに気づく。こちら側にも、あちら側にも。多分お互いが立った状態で手を押しつけたのだろう。二人はどんな関係性だったのか。

この空間で、いくつも生まれたであろう、ドラマチックな瞬間を思い浮かべてみるけど、何にせよ、それはヒロムくんとわたしのあいだには生まれないであろうものだ。わたしはすぐに想像をストップする。

壁には注意書きがあって、日本語、英語、中国語、の他に、もう一ヶ国語が、おそらく同じ内容で記されている。もう一か国語はおそらく、インドネシア語かマレー語じゃないかなと思うけど、わたしには判別することができない。彼だってわからないだろう。

注意書きの中に、許可がないかぎり外国語で話してはいけないという項目がある。どっちにしても話すことなんてできないから、わたしたちには関係のない項目だ。

ガチャ、という音がして、わたしは顔を壁からそちらに向ける。緊張する。

先に入ってくるのは、いつも警察官のほうだ。初めて見る人で、ずいぶん太っている。その太った警察官が彼に入室の指示を出し、はい、と小さく言って上下スウェット姿のヒロムくんが入ってきた。髪がボサボサだ、と思う。

わたしを見た瞬間に、ほんの少しだけ驚いた顔をする。前回もそうだったし、最初のときはもっと明らかだった。苗字しか聞かされていないのだろうか。お姉ちゃんだと思っていたのだろうか。それともフルネームを聞いたうえで、それでもなお、わたしがここに座っている事実を意外に思うのだろうか。

わたしには（ヒロムくんにも、この警察官にも）とうてい割ることができないであろうアクリルガラス板を隔てた向かいに、彼が座る。きっと気づいていないだろう頭上の汚れについて、互いの想像するドラマを話してみたくなるけど、この雰囲気にはそぐわない。

「いつも申し訳ない」

頭を下げられる。

この三回でずいぶん、ヒロムくんのつむじを見たような気がする。今までは見ることなんてなかったのに。ヒロムくんはわたしよりずっと身長が高い。

声が違って聞こえるのは、仕切りのせいだ。座ったときに口が近くなるあたりに、丸い穴がいくつかあいていて、そこから声が聞こえるようになっているけど、何もなく会って話しているときより、こもった感じになる。

「ううん、全然」

わたしの声も、今までとは違うふうに響いているのだろうなと思いながら言う。

謝られたくなんてない。少なくともわたしに対して謝る必要なんて全然ない、まったくない、と思うし、そういうふうに伝えたりもしたけど、きっと謝らずにはいられないのだろう。逆の立場でもそうかもしれない。

逆の立場、というのをよく想像するようになった。自分が面会に来られたとしたら。もちろんこんなふうになる前には想像もしなかったわけだけど。でも想像はいつもうまくいかない。なぜなら、逆の立場だったら、ヒロムくんはわたしには会いには来ない、という単純な結論で終わってしまうからだ。

「今日、大学のテスト、二つ受けてきた」

「ああ。もう、休み終わったんだね」

このあいだ来たときに、もうすぐ冬休みが終わってテストになる、と伝えたはずなのに、ヒロムくんはまるで知らなかったというかのように言う。わたしが話したことなんてちっとも憶えていないのだと言われているかのようで、寂しくなるが、仕方ない。

「うん。でもまたすぐ春休みになるんだけどね」

わたしは小さく笑う。いいなあ、というようなリアクションを期待したけど、ヒロムくんは、そっか、と言っただけで、それ以上何か反応する様子はなかった。

「中、寒くない？」

黙っているわけにもいかず、わたしは訊ねる。

わたしから見て右奥、彼の左斜め後ろで、わたしたちと同じ折りたたみ椅子に座っている警察官が身体を動かす。椅子が、きいと鳴る。ペンとノートを持っているものの、特に記す様子はない。他にストップウォッチも持っていて、それをちらちらとチェックしている。

「大丈夫。ありがとう」

「よかった。外、ものすごく寒いよ。今週雪が降るかもって」

「雪か」

ヒロムくんは何か考えるような表情を見せた。何を考えているのか、あるいは思い出しているのか、わたしにはもちろんわからない。

お姉ちゃんならわかるのかもしれない、と思い、思った瞬間に悲しくなる。わたしとヒロムくんのあいだには存在しない、雪にまつわる思い出が、おそらく二人の間にならいくつも存在している。

名前を出すことで思い出させてしまうかもしれないと思いながら、わたしは言う。そうすることで、彼の興味を引き寄せたくて。

「お姉ちゃん、寒いの苦手だから、むかついてた」

少し笑いながら言ったけど、ヒロムくんは笑わない。また、そっか、と言った。

また警察官が身体を動かし、彼の下の椅子が、きい、きい、と鳴る。せめてこの人には、わたしたちが恋人同士のように見えていたらいいのに、と意味のない願いをわたしは持つ。

お姉ちゃんの彼氏であるヒロムくんを初めて見たときのことはよく憶えている。

当時、わたしはまだ高校生だった。家に帰ったら、台所にヒロムくんがいたのだ。ちょうど冷蔵庫からペットボトルのお茶を取り出していたところだった。

「あ、お邪魔してます」

状況がつかめずに、わたしはろくな返事もできなかった。

「えっ、あっ」

「ああ、あの、ヒロムです。那奈《なな》の彼氏の」

そこまで言われて、お姉ちゃんが最近、彼氏ができたと言っていたのを思い出した。この人なのか、と目の前の姿と、お姉ちゃんの話していた人物像をゆっくり結んでいった。

「茉穂《まほ》ちゃんでしょ?」

相変わらずきちんと反応できずにいるわたしに、その人は言った。わたしは頷いた。

その人のピアスばかり見ていた。右耳にはシルバー一つ。左耳にはシルバーと黒が一つずつ。

「黒いピアス」

　思ったことをつい口にすると、その人は一瞬止まって、それから、ああ、と言って、黒いピアスに自分で触れた。

「いいでしょ」

　明らかに年上だったけど（実際にお姉ちゃんより年上だとも聞いていたし）、得意げに笑った表情が、子どもみたいだった。わたしは男の人が黒いピアスをつけているなんて珍しいと思っただけで、いいと感じていたわけでも、悪いと感じていたわけでもなかったけど、その瞬間に、ものすごくいいものに思えた。


　警察署の受付で、どういう意味があるのかわからない、首から下げる紐がついている番号札を返却した。バッグに入れっぱなしにしていたので、首から下げてはいないが、別にそれで注意されたことはない。

「はい、おつかれさまです」

　警察官に言われ、わたしは少しだけ頭を下げると、外に出る。

　寒い。

室内との温度の差に戸惑いながら、バッグに入れていたチェックのマフラーを取り出し、首に巻きつける。

警察署から駅までは歩くと二十分ほどで、バスなら五分くらい。バス停はすぐそこにあると知っているし、お姉ちゃんほどじゃないにしても寒さは苦手だけど、なんとなくバスに乗る気にはなれず、歩こうと決める。来るときも歩いてやってきた。前回の帰りはバスに乗ったけど、今まで、その一度だけだ。

数分前に見たばかりの表情を、頭の中で再生する。こもって聞こえる声も。

八日前に、生まれて初めて、ここの最寄り駅で下車した。警察署までの道のりも、当然初めてのものだった。迷ってしまわないか不安だったけど、道自体は単純なものだった。

一月の夕方五時の街は、すっかり暗い。親子連れや、おばあさんとすれ違う。みんな、警察署とはあまり縁がない存在に見える。世の中のほとんどの人が、そして少し前までの自分がそうであったように。

信号をいくつか越えると、橋に出る。小さな川が流れているのだ。川の名前も橋の名前も知らない。見ればわかるけど、あえて見ないままにしている。ただ、通りかかるたびに、橋の真ん中で立ち止まって、少しだけ川を見る。そしてヒロムくんのことを思う。

ヒロムくんが好きだ。

また歩き出す。

留置所と拘置所と刑務所の違いなんて、人生の中で考えたことがなかった。今はわかる。留置所というのは、今ヒロムくんがいる場所で、警察署の中にある。近所の警察署を通るたびに、この中にも留置所があって、何人も（もしくは何十人？　わからないけど）が過ごしているんだなあと思うようになった。

留置所にいる人に面会できるのは、一日一組だけ。一回の面会時間は十五分。傷害罪についても、少しだけ詳しくなった。十五年以下の懲役、または五十万円以下の罰金。

でもわたしがいくら何を調べようと、付け焼き刃の知識を得ようと、ヒロムくんの何かが変わるわけじゃないのもわかっているので、毎日たくさんインターネットを検索して、そのたびにむなしい気持ちにもなる。

駅が近づいてきた。いい匂いがする。目の前の中華料理店の換気扇から漂ってきている匂いだ。

空腹を意識する。今日はお昼に、学食で小さなチーズパンを一つ買って食べたっきりだ。早く家に帰って、昨日の寄せ鍋の残りを食べたい。

ふと、ヒロムくんが飲んでいたのはどこのお店なんだろう、と思う。だけど本当に知りたいかというと、よくわからない。行ったところで、そのときのヒロムくんの気持ちがわかるようになるわけでもないとわかっている。

ここに来ていることは、お姉ちゃんには言っていない。もしもお姉ちゃんが面会にやってくるようなことがあれば、ヒロムくん経由でバレてしまうかもしれないと思ったけど、今のところ、その様子はない。もちろんお母さんにも言っていない。

お母さんは今回の件を、いまだに静かに怒っているみたいだ。そのうちに怒りもなくなって、忘れてしまうんだろうなって思う。だから言い出せるはずがない。

駅が見えてくる。警察官に、はい、そこまでです、と伝えられたとき、わたしは咄嗟に、じゃあまたね、って言った。ヒロムくんは、うん、と言った。その、うん、の言い方も、わたしはとても好きだと思った。

ヒロムくんが逮捕されたのは、昨年十二月三十日の夜中のことで、わたしとお母さんは、リビングでテレビを見ていた。

お姉ちゃんの部屋から話し声がして、どうやら電話しているんだとわかったけど、内容までは聞こえなかった。でも少しして、お姉ちゃんがスマートフォンを持ったままでリビングにやってきて、そのときの表情はもう、何事かがあったのだと語っていた。

「どうしたの」

お母さんが訊いたけど、わたしも同じ気持ちだった。お姉ちゃんは、信じらんない、と繰り返すばかりで、なかなか本題に入らなかった。泣いているような、怒っているような顔をしていた。

「ヒロムが逮捕されたって」

ようやく伝えられた事実を、わたしはすぐに飲みこめなかった。逮捕？　ニュースやドラマでは、さんざん耳にしたことのある言葉だけど、よく笑うヒロムくんの姿とは、ちっとも結びつかなかった。信じられないのに、ただ鼓動だけは速くなった。

職場の忘年会で、ヒロムくんは先輩を殴った。居酒屋の中でも、店の外に出ても。

殴られた先輩は血を出して、救急車で運ばれて、命に別状はないけれど、何ヶ所か骨が折れているかもしれない。ヒロムくんは警察署に連行された。もともとヒロムくんと先輩とは仲が悪くて、お姉ちゃんにもしょっちゅう愚痴をこぼしていた。

ヒロムくんは中学生のときにも、人を殴って、少年鑑別所に入ったことがあった。そのときは別の中学に通う子たちと激しい喧嘩をした。保護観察処分で済んだので、少年院までは行っていないけど、もしかすると今回の事件で、過去にも問題を起こしていたことがわかったなら、実刑になってしまうかもしれない。

お姉ちゃんに電話をかけてきたのは、ヒロムくんのお母さんで、今はまだ全然わからないと言いながら、混乱している様子で、電話口で泣いてもいた。那奈ちゃんに迷惑をかけることになってしまってごめんね、とひたすら謝っていた。

お姉ちゃんがひととおり、お母さんとわたしに報告を終えると、ようやく本当のことらしいと思えてきたものの、どこかではまだ信じられなかった。いつも優しいヒロムくんが、人を血が出るまで殴る姿を思い浮かべられない。

「ヒロムくん、どこの警察にいるの？」

わたしは訊ねた。

お姉ちゃんは、ヒロムくんのお母さんから聞いたらしい名前を、そのまま伝えてきた。聞いたことのない警察署だった。どこにあるのかも、どういう漢字を書くのかもわからなかったけど、とにかく音だけは記憶した。

うちには父親がいない。わたしが三歳のときに離婚して出て行ったのだ。それもあってお母さんは、ヒロムくんの存在を、とてもありがたがっていた。電球を換えるとか、ちょっとした力仕事とか、日常の中で発生する些末な厄介ごとを、ヒロムくんは快く引き受けてくれていたから。やっぱり男の人がいるといいわねー、とお母さんは上機嫌だった。

でも逮捕の話を聞いて、お母さんはぽつりとつぶやいた。

「信じられないわね」

今まで親しくして築きあげてきたものなんて、一切なかったのだというような、シャッターを降ろすような言い方だった。冷静さが余計に怖かった。

ヒロムくんは新しい年を、警察署で迎えることになるのか訊いてみたかったけど、とてもそんな雰囲気ではなかった。わたしは、ヒロムくんとの数少ない、二人だけの思い出を思い返していた。

ヒロムくんとわたしの二人で、ファミレスに行ったことがある。一度だけ。

大学から家に帰ると、マンションの前で、ヒロムくんが立っていたのだ。なんでもお姉ちゃんがバイトから帰ってくるはずなのに、長引いているのか、全然連絡が取れないということだった。仕方ないから帰ろうかと思っていたらしい。

「超腹減ってるんだけど、ごはん付き合ってくれない？」

誘われて、わたしは頷いた。ラッキー、と心の中で叫んだ。

わたしは既にヒロムくんに恋をしていた。当然ヒロムくんにもお姉ちゃんにも内緒だった。

近所のファミレスまで歩いて行った。

わたしはパスタを、ヒロムくんはカレーを頼んだ。それぞれドリンクバーも付けた。一緒にドリンクバーに立ったとき、ヒロムくんがグラスに氷を入れると、コーラを半分ほど、さらにメロンソーダを半分ほど入れていたので、なにそれ、と訊ねると、メロンソーダコーラ、とあっさりと言った。

「え、混ぜたの？」

「混ぜたよ。混ぜないの？」

「やったことない」

「嘘。飲んでみ。おいしいから」

ストローは挿さっていなかったので、立ったままでグラスに口をつけた。

炭酸の強いメロンソーダ、という感じだった。

「どう？」

「意外とおいしい」

本当はおいしいというほどではなかったけど、そう言うと、だろー、と嬉しそうに笑ったので、わたしも嬉しかった。

グラスに少しの氷と、烏龍茶を入れているわたしを見て、ヒロムくんが、茉穂ちゃんは真面目だよなあ、と言った。

「普通だよ。ドリンクバーに真面目とか不真面目とかないじゃん」

席に戻りながら、わたしは答え、笑った。ヒロムくんも笑っていた。

食事の途中で、お姉ちゃんから連絡が来て合流することになったので、二人きりだった時間は、さほど長くない。むしろあっというまの、短いものだった。だけど嬉しくて楽しくて仕方なかった。

あらゆる組み合わせのドリンクを試したかった。おそらくほとんどはおいしくないものだろう。それらを、おいしくない、と言い合いたかった。まずいなー、とか、飲めないよねー、とか、一つずつ言い合うことができたなら、どれだけ楽しいだろうと思っていた。

以来、メロンソーダコーラは、ファミレスで時々飲むようになった。やっぱりそれほどおいしいとは思えないし、一緒にいる友だちに、なにそれ、と不審がられてしまうけど、それを含めて幸福な飲み物だ。わたしの中で。

警察官に入るように言われたのは、今までの三回とは違う、もう一つの面会室だった。だけど造りが反転しているだけで、構造自体は変わらない。わたしの左側にあった壁の注意書きが、右側に来ている。文面は同じだ。

面会のための紙を記入しているときに、警察官に、いつも来てるね、と言われた。はあ、と答えたけど、どう答えるのが正解だったのかはわからない。四日ぶりの訪問だ。

目の前のアクリルガラス板の上部を見る。汚れはない。

試しに、目の前にそっと手を当ててみる。さほど汚れはつかない。ひんやりとしている。

あと少ししたら、警察官の後につづいてヒロムくんが入ってきて、今日もきっと、少しだけ驚いた顔をするだろう。それから、いつも申し訳ない、と言って頭を下げるだろう。

初めて面会にやってきたときは、十五分のあいだ、ほとんどの時間を、ヒロムくんはわたしに頭を下げて過ごした。謝らなくていいと、何度も言ったのに。

あのとき、ヒロムくんは泣いていた。お母さんにも、那奈にも、迷惑かけてしまって、と言って。

頭をなでてあげたかった。何度でもなでてあげたかった。でも手を伸ばすことさえできなかった。柔らかそうな髪の毛の感触を、わたしは一度として確かめたことがない。

一緒に泣いてあげられたらよかったのかもしれない、と、あの日の帰り道で思ったのだった。でも泣けなかった。逮捕を知った翌日に、一人の部屋で少しだけ泣いたけど、どこか信じきれない気持ちもあった。現実を目の前にしても、同じだった。面会室で会っていても、嘘みたいだなと思っている自分がいる。

音を立てて、向こう側の奥の扉が開く。


休日出勤に出かけたお母さんを見送ったのち、ダイニングテーブルで、冷めかけている紅茶を飲んでいると、明らかに寝起きらしきお姉ちゃんが台所にやってきた。

「おはよ」

わたしは言った。

「おはよ」

お姉ちゃんも言う。

冷蔵庫を開けて、中を見ていたお姉ちゃんは、紙パックの野菜ジュースを取り出し、なに飲んでんの、とわたしのカップの中身を覗きこむ。

「紅茶」

「へえ」

訊ねておきながら、さして興味のない様子だ。定位置であるわたしの向かいに座ると、野菜ジュースを飲みはじめる。

「お母さんは」

「仕事。お姉ちゃんはバイトあるの？」

「今日は夕方から」

お姉ちゃんは二つのバイトを掛け持ちしている。いわゆるフリーターだ。高校を卒業してからずっと。たまに思い出したように、正社員になろうかなとか、資格を取るとか言い出すものの、たいていは実現されずに終わる。一度だけ正社員として働いたこともあるけど、数ヶ月で辞めてしまった。

お姉ちゃんの、赤に近い茶色に染めている髪の根元が、ところどころ黒くなってしまっている。髪伸びたね、と言おうか悩んだけど、別に言うほどでもないのでやめる。

わたしたちはあんまり顔が似ていない。わたしはお母さんに似ていて、お姉ちゃんはお父さんに似ているらしいけど、わたしは顔を憶えていないので、判断することができない。

だけどファミレスでごはんを食べているとき、ヒロムくんが、うつむくと那奈に似てるね、とわたしに言った。喜んでいいのかわからなかったけど、はっきり記憶している。

片肘をつくお姉ちゃんに、わたしは言った。

「ヒロムくん、大丈夫なの？」

なんてことないふうに。

「大丈夫じゃないでしょ、逮捕されてるんだから」

お姉ちゃんはこちらを見ずに言う。

「もう会わないの？」

わたしは続けて訊く。あくまでも、妹として心配しているのだ、と自分に言い聞かせながら。

お姉ちゃんがこっちを向く。目が合う。わたしは表情を変えないように気をつける。

「会うわけないでしょ」

やけにすっきりした感じで、お姉ちゃんは言った。また少し下を向く。わたしはそれでも、表情を保ちつづけた。

ヒロムくんを待っているあいだ、何をしていいかわからなくなる。

扉が開く音がしたので、顔をあげた。入ってきたヒロムくんは、驚いた顔をしていない。迷うことなく、わたしの向かいに座る。

「ごめん」

何に対するごめんなのかわからないけど、わたしは、ううん、と返した。

「いらっしゃいませ。ご注文お決まりになりましたら」

「あ、ドリンクバーで」

「かしこまりました」

やってきた店員の言葉を、さえぎるようにして、ヒロムくんは注文を終えた。

「ちょっと取ってくる」

言うと、ドリンクバーへと向かう。少しして戻ってきたヒロムくんの手には、ホットコーヒーがあった。

「何飲んでるの」

「メロンソーダコーラ」

わたしは答える。残り少なくなった液体。

ヒロムくんは、おお、と言って笑った。思い出してくれているのかもしれないし、もう忘れてしまったかもしれない。

「何度も来てもらっちゃってごめん。ありがとうね」

「ううん、わたしが行きたくて行ったから」

正直に答える。

ヒロムくんは結局、不起訴になった。被害者である先輩が、被害届を取り下げたのだ。おそらくヒロムくんか、ヒロムくんのお母さんが、お金を払ったのだと思う。詳しいことは知らない。訊こうとも思っていない。

「よかったね、出てこられて」

わたしは言った。

「ほんとに心配かけてしまって」

ヒロムくんは頭を下げた。髪を切ったことは、見た瞬間に気づいていた。

わたしはメロンソーダコーラをストローで飲み干し、飲み物とってくる、と言った。並んでいるティーバッグの中から、ジャスミン茶を選ぶと、カップに入れ、お湯を注ぐ。席に戻ると、ヒロムくんはうつむいていた。

二人して、少し黙った。

「あのさあ」

ヒロムくんが言った。わたしは、ティーバッグを取り出して、持ってきたお皿に入れながら、うん、と答えた。どんなことを言われるか、なんとなくわかっていた。

「茉穂ちゃんが心配してくれたことや、来てくれたこと、感謝してる。ありがとう」

どうしてこの人が呼ぶわたしの名前は、こんなにも柔らかく響くのだろう。

「もう、俺には関わらないほうがいいよ」

やっぱり、と思いながら、下唇をくわえた。少し皮がめくれている。乾燥しているせいだ。リップクリームをすぐになくしてしまう。帰りにドラッグストアに寄ろう。

「俺、しょうもないやつだから」

ヒロムくんは笑ったけど、わたしはちっとも笑えなかった。知ってるよ、と言っても、そんなことないよ、と言っても、どこかで嘘になる気がした。

「もしも」

わたしは言った。ヒロムくんの表情を確認することはできない。でも聞いてくれているとわかった。

「もしも、お姉ちゃんより先に会ってたら、わたしのこと好きになったと思う？」

「なんだ、その質問」

ヒロムくんはまた笑った。わたしはヒロムくんの胸元を見ていた。黒い無地のTシャツ（多分長袖）に、モスグリーンのダウンジャケットを着ている。留置所のスウェットよりも、ずっと似合っている。

「わかんないな」

ヒロムくんは答えた。納得できなかったけど、なってたよ、と言われても、なってなかったよ、と言われても、きっと傷つくに違いない。だからきっと、この答えでいいのだ。

わたしはバッグから、昨日デパートで買った長方形の長い箱を取り出す。黒い包装紙に、ゴールドのリボン。

「これ、あげる」

わたしはようやくヒロムくんの顔を見て言った。

「何、これ？」

驚いている。

「チョコレート。バレンタインだから、今日」

「バレンタイン」

ヒロムくんは、わたしの言葉をそのまま繰り返す。すっかり忘れていたのだと、言い方でわかる。もっとも、十四日に会おうと言われた時点で、忘れているのだろうとわかっていた。知っていれば別の日にしただろうから。

「ありがとう」

ヒロムくんは言い、チョコレートが入った箱を自分の隣に置いた。

ヒロムくんにチョコレートを渡すのは初めてだ。そしておそらく、最後。

もうこの人とは会えないだろう。この人がそれを望んでいるから。

泣きたかったけど、逮捕されたと知らされたときや、面会室にいるときと同じで、どこか現実味が薄れている。

今なら、目の前にある髪に触れることができる。わたしたちのあいだには何も障害がない。アクリルガラス板は存在していない。だけどわたしは、手を伸ばすことができないでいる。

遼太《りょうた》とは高校時代からの付き合いで、わたしたちはあらゆるものを共有して、十年近い年月を過ごしてきた。

たとえばわたしは、遼太が高校時代に、彼女（別の女子校に通う髪の長い子だった）と初体験しようとしたものの、萎えてしまってその日はうまくできなかった、ということを知っている。ちなみに遼太は、その子には見事にふられて、別の子と数ヶ月後に初体験を済ませることになったわけだけど。

たとえば遼太は、わたしが一昨年の夏にひどい失恋をして、毎日いやというほど泣いて、まぶたに保冷剤を当てて、やっとの思いで出社していた、ということを知っている。千奈津《ちなつ》は本当に見る目がないよ、と言いながらも、メールや電話をくれたり、時々は電車を乗り継いで会いにまで来てくれた。

関係性を言葉で表すなら、迷うことなく浮かぶ単語がある。友だち。わたしたちはいつも近くにいた。音楽の趣味もそうだし、話していて、こんなに気が合うと思える人は少ない。ある部分では、家族よりも近い存在だし、些細なことも大きなことも打ち明けられる。ずっとそう思っていた。

思っていたのだ。

なのにさっきから、わたしが抱えている感情を、居酒屋で目の前に座っている遼太に、打ち明けることができない。ただひたすらに、大きめのグラスに入ったレモンサワーを減らしていくくらいしか。

「まさかアンコールであれやってくれるとは思わなかったな」

遼太は揚げ出し豆腐を飲みこむと、わたしを見て、そう言った。視線があまりにもまっすぐで、わたしはまるで別のことを口走ってしまいそうになる。必死で抑えながら、ほんとだよね、と言った。

アンコールでやった曲は、そのバンドの初期のころのもので、最近のライブではほとんどやることがなかった。イントロの時点で、客席からは、悲鳴みたいな歓声まで飛び出していた。もちろんわたしだって興奮した。でも、百パーセントの力でライブに集中できていたかというと、まったくそんなことはない。

見えない、背後ばかりが気になっていた。男の人にしては小柄だけど、わたしよりは背の高い遼太。彼が後ろにいるという意識が、立ちっぱなしのライブの間じゅう、ずっと抜けずにいた。

その構図は、彼の優しさによるものだった。最初は横に並んで見ていたのだけど、ライブが始まると同時に、後ろから強い力で押された。必死でこらえていたつもりだったけど、遼太はすぐに気づいたらしく、こっち来な、と、わたしの背中に触れると、自分の前に作ったスペースへと誘導するように、移動させてくれたのだ。

ただそれだけのことで、どうしてそんなふうに感じたのか、自分でもわからないのだけど、背後の遼太の気配が、わたしを安心させた一方で、緊張もさせた。身体を揺らしていると、時おりぶつかる彼の身体が、まるで知らないものに感じられた。自分の背中に触れた彼の手の感触が、なかなか抜けなかった。満員電車とか、会話の最中に相手をたしなめるとか、ハイタッチとか、故意にせよ偶然にせよ、触れてしまったことは何度となくあったのに、今日は違った。

もしかして、違ったのは今日だけじゃなくて、わたし、遼太のことがずっと気になっていたんだろうか。

ライブ会場を出て、適当な店を探して歩く遼太の背中を見ながら、ふとそんなふうに思った。思いはじめると、止まらなくなった。見慣れているはずの、Tシャツとジーンズ姿の彼が、知らない存在にまで見えてきた。

でもそんなこと打ち明けられるはずがない、と、向かいに座ったときに思った。遼太って男の人なんだね、とわたしが言ったところで、何言ってんだよ、と一蹴されて終わりだろう。

あれは気のせいだったのだ。ライブ会場の湿度のせいで、少しだけ変になったのだ。まだ頭の中に残る、前を進む彼の背中の映像を、なるべく遠ざけようとする。腕の、自分とはまるで違うその筋肉を触りたいと思ったのは、錯覚だ。そうに違いない。

「だいぶ疲れてる？」

遼太は言い、わたしを心配そうに見る。わたしは慌てて、そんなことないよ、と否定した。

「大丈夫？」

「うん」

「ライブ楽しかった？」

「うん」

「足も平気?」

「うん」

「五十万円ちょうだい」

「うん。……えっ」

「今、うん、って言ったな」

流れで思わず頷いてしまったわたしに対して、五十万で何しようかなー、と歌うみたいに遼太は言う。わたしは不満の声をあげる。

「ずるい。単につられただけなのに」

「こういうの、昔あったよな。ピザって十回言ったあとに」

「あ、肘を指さすやつね。懐かしい。ナベちゃんがやってたよね」

「そうそう、ナベ!　あいつ、今、何してんのかなあ」

遼太が嬉しそうな声をあげ、わたしたちは思い出話に突入していく。話はまるで尽きない。ひとしきり笑ったところで、さっきまでとは異なるトーンで、遼太が言った。

「よかった、ほんとに元気ないのかと思った」

「元気だよ」

「うん、もう、いやってほどわかった」

遼太がわたしを見て笑う。いつもと同じ、崩れるような、クシャッとした笑い方。それなのにどうして、わたしの心が冷静じゃなくなるんだろう。

「またふられたとか言い出されたら、どうしようかと思ったよ」

一昨年のことを指しているのだと、すぐにわかる。

「一生の不覚だわ、あれは」

答えて、レモンサワーを飲み干す。もう氷が溶けて、だいぶ薄まっている。

「今度は付き合う前に紹介しろよ。みんなで審査するから」

「審査って大げさすぎるでしょう」

言ってから、メニューを開いた。次に何を飲もうか考えつつ、わたしは思いついた言葉を口にする。冗談っぽく聞こえるように、軽い調子で。

「そんな審査とか言うくらいなら、遼太がわたしと付き合ってくれればいいじゃん。自分こそ、彼女できたの？」

できてないよ、とか、何言ってんだよ、とかいう軽口が、すぐに飛んでくるものと思ったのに、予想に反して、何も返ってこない。聞こえなかったのかと思い、メニューから顔をあげると、こちらを見ている遼太と目が合った。

「え、どうし」

「それ、本気で言ってる？」

どうしたの、と言い終わらないうちに、真顔で訊ねられる。わたしは、えっ、と言い、ついおまけみたいに小さく笑ってしまう。

「俺はいいと思ってるよ、千奈津のこと」

真剣な表情は変わらない。あまりにも唐突な言葉と表情に、わたしは思わず、目をそらし、またメニューを眺める。酔っぱらってるんじゃないの、と笑いながら言う。

「ノンアルコールビールなのに？」

遼太が言う。そうだ、遼太は一度、前後不覚に酔っぱらったらしく、以来、外でお酒を飲まないようにしている。どう答えようか迷っていると、メニューを隠すようにして、視界の中に、遼太の手の甲が飛びこむ。わたしは顔を上げざるをえない。

「真面目に言ってるよ、俺は」

まっすぐな視線。まっすぐな言葉。顔が熱い。レモンサワーのせいだけじゃない。

部屋に入って、わたしは声をあげた。

「どうするー、カラオケとか歌っちゃう？」

黄色味を帯びたオレンジの光。狭い部屋には大きすぎるように感じられるほど、存在感を放っているベッドには、白いカバーがかけられている。そのベッドの端に腰かけ、部屋を見渡してみる。あえて遼太のことは見ないようにして。

遼太がわたしの隣に腰かける。太ももが触れる。あ、と思った瞬間には、唇が近づいていた。

目を閉じると、触感は鋭くなる。熱い温度や、少しのかさつきまでが伝わってくる。彼の唇が触れたことで、自分には唇があるのだ、と意識した。お酒を飲んだり、つまみを食べたりしているときには、まるで思わない感覚だった。

ゆっくりと快楽が押し寄せて、それが同時に恥ずかしく思えてくる。自分の身体が確かなものになっていき、彼の前にさらけ出されてしまう。

彼の舌がわたしの口の中に入ってきたところで、わたしはゆっくりと身体を離した。目を開けると、少し不思議そうにしている遼太の顔が見える。顔を見ないようにして、わたしは言った。明るい口調で。

「なんか、変だね、わたしたちがこんなことしてるなんて」

遼太は何も言わない。わたしは空白を埋めるみたいにして、言葉をつなげていく。鼓動が信じられないほど速くなっているのが、自分でもわかる。隣にいる遼太には知られたくないと思った。恥ずかしい。わたしたちは、少し前まで、友だちだったのに。

「みんな、びっくりするよねー。っていうか、ほんと不思議じゃない？　お互いの初体験まで知ってるのに、こんなところに来てるなんて」

笑いをまじらせることでしか、ごまかせないと思った。快楽を冗談の中に隠してしまえばいい。

「千奈津」

落ち着いた声で、名前を呼ばれる。

「ふざけないで、ちゃんとしたい」

遼太の手が伸びてきて、わたしの髪に触れる。後頭部がなぞられる。

「千奈津と本気でセックスしたい」

もう、目をそらすことができない。代わりに閉じた。また唇の感触。恥ずかしさでどうにかなってしまいそうだ。こんなに知っているはずの彼のことを、何一つ知らなかったのだと、強い力で抱きしめられたときに気づく。

終電を逃したことに気づいたのはわたしのほうで、話せるところに行こうと言ったのは遼太のほうだった。こうなるのを望んでいたのは、どちらだろう。両方だったと思いたい。いや、両方だったのだ。手を伸ばしたとき、遼太の鼓動が、とても速くなっていることを知り、わたしは気づく。

恥ずかしいのはわたしだけじゃない。恥ずかしくても、信じられないような気持ちでも、それでも求める気持ちのほうが勝っているのだ。

わたしに身体があるように、この人に身体がある。もっと気持ちよくなりたい。そして気持ちよくさせたい。

背中に回された手が、シャツの裾から入りこみ、わたしの下着のホックを外す。慣れてるね、と茶化したい気持ちが生まれるけど、それをこらえて、首筋に、唇で挟むようなキスを繰り返す。シャワーを浴びていないことを思い出したけど、にじむ彼の汗すら、愛おしさを増すための小道具でしかなかった。

わたしたちの口はずっと、言葉を出してふざけ合うためのものだった。楽しく笑い合うためのものだった。

でも今、わたしたちの口は、言葉じゃないものを発している。文字にできないような声が、口からこぼれつづけていく。

遼太の手が、わたしの身体をなぞっていき、より熱くしていく。存在を確かなものにしていく。

「千奈津、可愛い」

耳元でささやかれた言葉と息すらも、自分の中に吸収されていくように感じられる。さっきまで居酒屋でくだらない会話をしていた相手と、同一人物だとは思えない。でもまぎれもなく、今ここにいるのは、遼太だ。ずっと友だちだった彼が、どんどん友だちのラインを越えていき、距離をゼロにしていく。

彼の背中に回していた手を、Tシャツの内側へともぐりこませる。自分よりも熱く、硬い身体。遼太の形を確かめていく。手を下にずらしたときに、ジーンズの上からでも、そこはもう、膨張しているのがわかった。遼太が、ん、と低い声を出す。

出会った頃のことを思い出そうとした。初めて同じクラスになったときも、今と同じように、遼太はよく笑う男子だったはずだ。でも思い出そうとするたびに、現在の強い感覚が邪魔をする。快楽が、わたしを記憶に浸らせまいとする。現在が過去よりも強まって、他のものなんて入りこむ余地を与えない。

「千奈津」

また名前を呼ばれた。こんなにも近い場所でささやかれるせいか、いつもの遼太の声とは違って聞こえる。かすれた声が、わたしの心まで反応させていく。

「遼太」

わたしも彼の名前を呼ぶ。友だちとしてじゃない、恋人として。

「綺麗、すごく」

さっきよりもさらにかすれた声。遼太の手は、むきだしになったわたしの胸に触れている。きっと鼓動の速さも、いやというほど伝わってしまっている。

綺麗じゃないよ、と否定しかけて、でも本当かもしれない、と思った。遼太の声は、嘘をついているものじゃなかったから。彼が本気でそう感じてくれているのならば、まぎれもない真実になる。ありふれた身体が、綺麗なものになっていく。

「遼太」

また彼の名前を呼んだ。好き、と続けようとした唇が、彼の唇によってさえぎられる。彼の舌がわたしの口中をかきまわしていく。好き、好き、と、心の中で繰り返す。輪郭が溶けて、自分の身体が崩れていくかのような感覚にとらわれる。このまま二人で溶けあって、夜の一部になるのかもしれない。だとしてもいい。

「好き」

唇が離れた瞬間に、心の中で繰り返していた言葉を声にした。

「俺のほうが好きだよ」

遼太は言い、今度はわたしのけして大きくない胸へと唇を移動させる。さっき指でかすかに触れられたのとは違い、しっかりと舌でなぞられて、思わず大きな声が出る。流れ出るものが、下着をさらに濡らすのがわかる。耐えられず、左右の太ももをすりあわせた。逃さないとするかのように、太もものあいだに手をさしこまれる。熱かった彼の温度が、今度は冷たく感じられる。わたし自身が、熱くなっているのだ。

好き、という気持ちは、音にならなかった。代わりのように、自分が出しているとは信じられない声が出る。

強まっていく快楽の波に身をまかせながら、友だちになった日のことは憶えていないけれど、友だちじゃなくなった今日のことは、一生忘れないだろうと思った。

溶けていく

「同窓会しましょう！」

そんな出だしのメッセージをもらったのは一ヶ月半ほど前のことだ。差出人は、今日の幹事でもある早紀《さき》ちゃん。

同窓会といっても、早紀ちゃんはわたしと同じ学校だったことはない。ファミレスのバイト仲間だった。二歳差のわたしたちは、当時、高校生と大学生だった。早紀ちゃんは歳下ながら、バイト先では先輩の立場で、生まれて初めてのバイトに戸惑うわたしに、優しく明るく接してくれた。

Ｆａｃｅｂｏｏｋ上で再会し、まもなく、そのメッセージをもらったのだった。文字を読んだだけでも、当時の早紀ちゃんの明るい声が耳元で響くように感じられた。

誰が来るかは聞かないまま了承した。もちろん気になったし、訊ねたなら普通に答えてくれるとも思っていたが、あえて誰が来るのか知らないまま、ちょっとしたドキドキを味わいたかったのだ。

指定された居酒屋に入ると、既に到着していたのは二人。早紀ちゃんと、ナカマサだった。

「瑞穂《みずほ》さんだー、久しぶり！」

「早紀ちゃん、久しぶり！　ナカマサも！」

自分で口にしておきながら、その言葉自体の懐かしさに笑いそうになった。実際、ちょっと笑ってしまったくらいだ。二人に会うのは七年ぶりだった。

「久しぶり」

ナカマサもまた笑っていた。中林雅紀《なかばやしまさき》、略してナカマサ。早紀ちゃん同様に、バイト先の先輩であり、キッチンとホールという担当の違いはあったものの、同い年のわたしたちはすぐに仲良くなり、あっというまに敬語を使わなくなった。

「髪が短い」

わたしは言った。ナカマサはいつも、肩くらいまでの長さの髪を、後ろで一つに束ね、それを規定の茶色い帽子の中に入れていた。何度か店長に、髪を切るように注意されていたのを見たことがあるが、結局わたしがバイトを辞めるまで、彼の髪は長いままだった。それが今は、すっきりと短くなっている。

「会社員だからね」

「えっ、嘘」

「ほんとほんと」

「しかも有名電化製品メーカーですよ」

　早紀ちゃんが口にしたメーカー名は、確かにわたしでも知っているようなものだった。わたしは驚くと同時に、年月の流れを感じた。就職したくない、と、当時フリーターだったナカマサはしょっちゅう口にしていた。

「今は大阪で働いてて、今日は『同窓会』のために来たんだよね」

　同窓会、という言葉に力が入る。どうやら早紀ちゃんはナカマサにも、わたしに送ったのと同じような文面で声をかけたらしいと、その言い方で察した。ナカマサがFacebookをやっているかどうかはわからないけれど。

「瑞穂さんは、今、何してるんですか？　あ、あと、結婚は？　どうしよう、聞きたいことありすぎる！」

　早紀ちゃんの言葉に、わたしは笑い、ナカマサも笑いながら、落ち着けよ、と軽くたしなめる。バイトしていた当時も、こんなやりとりをよくしていた。もちろん質問の内容は異なっていたが、早紀ちゃんが何かを言い、ナカマサがたしなめる、この雰囲気が、懐かしくて愛おしく感じられた。

「仕事は教材作ってる会社の事務で、結婚はしてないよ」

わたしの答えに、早紀ちゃんとナカマサが同時に、えっ、と驚きの声をあげた。仕事に関してではなく、結婚に関してであることは、タイミングでわかった。

「あの彼とは？」

あの彼、が誰を指しているのか、すぐに気づく。

「もうとっくに別れたよ」

また、えっ、と二人が揃って声をあげる。さっきよりも大きく感じられた。

「瑞穂さん、ベタボレでしたよね」

ベタボレ。答えようとしたところで、おー、と男の人の声がした。顔をそちらに向けると、当時キッチン担当だったバイト仲間が立っている。さらに後ろからも、別のバイト仲間がやってきていた。まだ何人も集まりそうだ。わたしは、おおー、と声を出した。

ベタボレというと楽しそうだけれど、当時のわたしは、どうかしていたのだろう。当時の彼氏のことが、なぜあんなにも好きだったのか、別れて数年が経つ今となっても、時々考えてみるのだけれど、ちっともわからない。同じ大学で、必修である英語のクラスが同じになったというのが、知り合ったきっかけだった。

やけに自信過剰なところと、自信のないところが、複雑に混在していた。気分屋だった彼は、わたしに甘い言葉を囁きつづけるようなこともあれば、わたしが泣きだすまで罵《ののし》るようなこともあった。時に女友だちとの外出すら禁止されるほどの束縛もあった。

何より合わなかったのは、セックスだ。

気持ちいいだろ、と何度も確認されるせいで、かえって集中力が途切れてしまった。触り方も乱暴で、時に痛みをおぼえた。わたしの状態は関係なく、彼が挿入したいときが、そのタイミングだった。感じているふりばかりしていた。

彼が初めての相手だった。他を知らなかったわたしは、セックスとはこういうものなのだろう、と自分に言い聞かせていた。イメージしていた快楽とはほど遠かったが、きっと時間が経てば気持ちよくなっていくものなのだろう、と信じこんでいた。結局彼と別れるときまで、わたしは気持ちのいいセックスを知らずにいた。ただ彼に嫌われないための行為にすぎなかった。

わたしとナカマサが、しつこいくらい引き留めたにもかかわらず、早紀ちゃんは帰ってしまった。明日は「超好きな人とやっとこぎつけたデート」なのだという。早紀ちゃんの幸福を祈りつつも、寂しい気持ちと、二人きりになったことによる妙な緊張が、わたしの中に生まれている。

総勢七人での「同窓会」は、当時の飲み会のように深夜や朝まで続くものかと思っていたが、結婚しているメンバーも多く、家族が待っているから、とか、明日も休日出勤だから、とか、みんなそれぞれに理由を告げて、帰っていってしまった。

そうしてわたしとナカマサと早紀ちゃんが残っていたのだが、最終的には二人だ。

「なんか寂しいね」

わたしは言った。

「まあ、みんな忙しいんだろうし、これだけ集まっただけでもすごいのかもな」

ナカマサが言う。もっともだったけど、正しさにますます寂しくなる気がした。

「すみません、こちら、ラストオーダーのお時間となります。お飲物どうされますか？」

居酒屋の店員がやって来て、わたしたちにそう言った。寂しさに拍車をかけられる。

「あったかいお茶、二つください。あと何か頼む？」

ナカマサの問いに、わたしは、ううん、と言った。レモンサワーはまだ残っているし、お酒を飲みたいわけでもなかった。

「かしこまりました」

立ち去る店員の後ろ姿を見ながら、これから帰る自室の光景を思い浮かべる。日中に掃除を済ませてきたので、片付いてはいるものの、なんとなく帰りがたい気分だった。

そしてわたしは、ナカマサが、今は大阪で働いていると、今日最初に話していたことを思い出し、訊ねる。

「ホテルとか予約してるの？」

「いや、特には。朝まで飲む可能性もあるかなあと思ってたから。まあ漫画喫茶とか行ってもいいし、適当に過ごして、朝のうちに大阪戻ろうかな」

「え、じゃあ」

これから何を言おうとしているのだろう、と、自分でも不思議に思った。だけど言葉は止められなかった。

「うちで飲もうよ。来てよ」

深緑にするかさんざん悩んで焦げ茶色を選んだソファは、気にいっているが小さめで、こうして二人で並んで座っていると、今にも身体が触れそうになってしまうので、気にしていないふりをしながら、触れないように気をつけている。録画しておいて見ていなかったバラエティ番組を再生している。画面の中では大きな笑い声が起きていて、ナカマサも時々笑っているが、正直に言うと、わたしはあまり集中できていない。

「あ、そうだ、アイス食べようよ。さっき買ってくれたやつ」

わたしは言い、ナカマサの答えを待たずに、冷凍庫から二つのアイスを取り出す。うちに来る前に立ち寄ったコンビニで、数本のアルコール飲料やチーズやスナック菓子と一緒に買ったものだ。わたしも半分払うと言ったが、ナカマサが全額払ってくれた。

コンビニでもらった、プラスチックの小さな白いスプーンを添えて、テーブルの上に置く。わたしがクッキー&クリームで、ナカマサが抹茶。

「いただきます」

「いただきます」

プラスチックのスプーンで、アイスをすくう。口の中に広がる冷たさと甘さが幸福だ。

「おいしいー」

わたしは言った。

「飲んだあとってアイス食べたくなるよね」

同意してもらえるかと思って、さらにそう言ったが、返ってきたのは意外な返答だった。

「ラーメンとかじゃなくて？」

「ラーメンも、まあ、おいしいけど。やっぱりアイスって感じ」

「それ、飲んだあととか関係ないんじゃないの？　昔っから甘いもの好きだったよね。

パフェとか」

「ああ、パフェ！　懐かしい」

一気に記憶がよみがえった。バイトが終わると、パフェを食べることが多かった。割引価格制度を利用して、注文することもあったが、たいていは作成ミスなどで、キッチンでよく余っていたのだ。

「瑞穂、パフェのこと、気づいてた？」

ナカマサがそう言う。

「パフェのこと？」

問い返すと、やっぱり気づいてないなあ、とどこか嬉しそうに言われてしまった。必死に考えるが、思いつかない。

教えて、と言いかけたところで、ナカマサが、おれ、好きだったんだ、と言った。

「え？　何が？」

「瑞穂のこと」

「え」

冗談でしょう、と笑おうとしたけど、こちらを見たナカマサの顔は真剣だ。

「パフェ、ミスとかじゃなくて、バイト終わりに食べてもらおうと思って、よく準備してたんだよ。たまに店長にバレて怒られたりしてた。おれが瑞穂のこと好きなの、みんな結構知ってたよ」

「嘘」

「ほんと」

詳しく聞きたい気持ちはあったが、驚きすぎて、言葉が続かない。冷静にならなければ、と思い、目の前のアイスに手を伸ばす。こんなときでもアイスは甘くて冷たくておいしい。

「そっちも味見したい」

ナカマサに言われ、わたしは持っていたアイスのカップを手渡す。ところがナカマサは、カップじゃなくて、と言うなり、顔を近づけてきた。

「だめ？」

こんなに近くでナカマサの顔を見るのは初めてだ。目が明るい茶色だ。

「だめ……じゃない」

答え終わったわたしの唇が、ナカマサの唇でふさがれる。目を閉じた。アイスによって冷たくなっていた口中を、生あたたかい舌が探っていく。鼻から息がもれてしまう。

気持ちいい。

そう声にするかわりに、わたしはナカマサの背中に手を伸ばす。自分のものとはまるで異なる身体。唇は重なったまま、ナカマサの手が、洋服越しに、わたしの胸に触れる。確かめるように、ゆっくりとなぞられていく。

こうしたかったのかもしれない。

自分がナカマサを部屋に誘った理由を、考えないようにしていたけれど、とてもシンプルだった。今日、居酒屋で再会したときから、わたしは彼に惹かれていたのだ。

唇が離れ、今度はわたしの耳の中に、舌がさしこまれる。アイスによって冷たくなった舌の感触に、思わず声が出た。舌は耳の中のいたるところに触れていく。時おり耳たぶを軽く嚙まれ、その刺激がまた気持ちよく感じられる。

快楽で、頭のいたるところが、真っ白く、ぼうっとなっていく。ナカマサが舐めたり触れたりするたびに、わたしの身体がわたしのものになっていくと実感できた。セックスは気持ちよくなるためのものなのだ。誰かを繋《つな》ぎとめたり、嫌われないためののものなんかじゃなくて。

あの頃じゃなく、今こうなれて、よかったのかもしれない。今だから受け止められる。あの頃なら、こんなに気持ちよくなれなかった。

わたしは目を開けて、テーブルの上に手を伸ばし、残っているアイスを口に含むと、その冷たい舌で、ナカマサの首筋に触れた。あっ、とナカマサも声を出す。けしていやがってはいない、むしろ喜びの声だとわかった。

わたしたちは顔を見合わせて、笑みを交わし、またキスをする。アイスは口の中であっというまに溶けてしまい、今度はナカマサが自分のアイスを口にして、同じことを繰り返す。

何度かキスを繰り返したのち、ナカマサはアイスを指ですくい、わたしの鎖骨をなぞり、それをすかさず舐めた。冷たさのあとの柔らかな感触。くすぐったくもある。同じようにわたしも、指ですくったアイスを、ナカマサの手の甲に塗り、舐めとる。指の先までしゃぶるようにして。

大切なプレゼントのラッピングをほどくときのように、お互いの服をゆっくり脱がせていく。露出する肌の面積を少しずつ増やし、新たに露出された部分には、指や唇を這《は》わせていく。

カップの中のアイスがなくなったとき、わたしたちの身体には、いたるところにその痕跡があり、少しだけべたつきもあった。

「シャワー浴びる？」

「うん、一緒に」

質問したわたしの声も、すぐに答えたナカマサの声も、少しかすれている。夜は続いていく。まだ始まったばかりなのだ。わたしの中から、また液体が溢れ出す。

本書は、「東京新聞ほっとWeb」掲載の「加藤千恵の東京23話」(「台東区」〜「武蔵野市」)、「an・an」(マガジンハウス)2016号掲載の「友だちでいられない夜に」、同2145号掲載の「溶けていく」、「小説BOC」(中央公論新社)4号掲載の「メロンソーダコーラ」を加筆修正し、再構成した文庫オリジナルです。

この作品は実在の飲食店を舞台にしておりますが、フィクションです。

この街《まち》でわたしたちは

加藤千恵《かとうちえ》

令和2年2月10日　初版発行

発行人――――石原正康
編集人――――高部真人
発行所――――株式会社幻冬舎
〒151-0051東京都渋谷区千駄ケ谷4-9-7
電話　03(5411)6222(営業)
　　　03(5411)6211(編集)
　　振替00120-8-767643
印刷・製本―図書印刷株式会社
装丁者――――高橋雅之

幻冬舎文庫

ISBN978-4-344-42945-1　C0193　　か-34-4

幻冬舎ホームページアドレス　https://www.gentosha.co.jp/
この本に関するご意見・ご感想をメールでお寄せいただく場合は、
comment@gentosha.co.jpまで。